新潮文庫

よろず一夜のミステリー

—水の記憶—

篠原美季著

新潮社版

9409

目次

イラスト　高嶋上総

よろず一夜のミステリー

水の記憶

序章

白衣姿の男が、椅子《いす》から身を乗り出した。

ギシッと。

彼の動きに合わせて、椅子が軋《きし》む。

「――その人を、まだ恨んでいますか？」

ブラインドの隙間《すきま》から薄日の差す室内に、その声は淡々と響く。

水槽の置いてある部屋。

コポコポコポッと。

かすかな音を立て、酸素の泡が水中を昇っていく。オレンジ色の小魚が、こまかくヒレを振りながら、藻類の間を動き回る。

女が、力強く頷《うなず》いた。

「ええ」

「殺したいほど？」

「それは……」

女が、黙り込む。

男の口調には、わずかな好奇心以外、なんの感情も現われていない。小柄で平凡な顔立ちをした彼は、先ほどから白衣だけが唯一《ゆいいつ》の特徴といえるほど、終始、研究者らしい態度で接している。

眼鏡のレンズ越しに、つぶらな瞳《ひとみ》がじっと相手を観察する。

女は、相手の視線を逃れるように下を向き、膝《ひざ》の上に乗せた手で白いハンカチをギュッと握りしめた。

中肉中背。

五十代に手が届くくらいか。

手入れのされていない色落ちした髪が、土気色の顔をカーテンのように覆《おお》う。明るくしていれば、それなりの外見をしているのに、今はまったく冴《さ》えない印象だ。

背中を丸めて座る女の背後には、水槽のほかにも、さまざまなものが見えた。

壁にかけられた、植物のカレンダー。

滑らかに針の動く時計。

扉の脇《わき》の壁には、額に収まった資格認定書や表彰状などが、所狭しとばかりに並んでいる。

他は、山のような本。

ややあって、下を向いたまま、女が「いえ」と小さく否定した。それから、ゆっくりと顔をあげ、断言する。

「それより、私と同じ苦しみを——！」

深い、悲しみと怒りに満ちた声。

その先にあるのは、絶望だけか。

ギシ。

男が背もたれに身体《からだ》を預けたため、再び、彼の尻《しり》の下で椅子が音を立てた。

「なるほど」

相槌《あいづち》を打った男が、軽く首をかしげて確認する。

「つまり、相手の覚醒《かくせい》を望んでいるわけですね。子供を亡《な》くした貴女《あなた》の苦しみを理解させたい？」

「そうよ。なんとしても、思い知らせてやりたい！」

きっぱり言い切って、女は声を荒らげる。

「でなければ、前になんて進めない！　この苦しみ、この怒りをどうすればいいの？　何故《なぜ》、私だけが、こんな目に合わなきゃならないの？　あの男は、のうのうと日々を送っているっていうのに。自分の犯した罪の重さも考えず、楽しそうに毎日を過ごしている。それを考えただけで、私は――」

しだいに感情が高まってきた女は、爆発する寸前で言葉をとめた。

ふいに訪れた静寂。

コポ。

コポコポッ。

水槽の中で、酸素の泡を送り出す音がかすかに乱れた。

それは、人に気づかれるほどでもない、ささいな乱れにすぎず、つまりは自然の中でいつでも生じうる、ただの揺らぎでしかなかったのだろう。

それでも、一瞬、乱れは生じた。

ただ、そのあとは――。

コポコポコポ。

いつものように、間断なく小さな泡が吐き出されていく。

結局、話の続きが女の口から語られることはなく、長い沈黙があたりを包み込んだ。

ややあって、男が頷く。

「分かりました。――では、一つ一つ、順番に問題を解決していきましょうか。まず、ここに、相手の名前と住所、あと電話番号をお願いします」

女は勧められるままボールペンを取ると、一瞬ためらってから、なにかを振り切るように、差し出された紙にカリカリと必要事項を書き始めた。

震える指先に、まだ激昂《げっこう》の名残が見える。

それを、冷静な目で見おろしていた男の顔が、ハッとしたように動いた。その一瞬、研究者としての顔の下に、別のなにかが覗《のぞ》く。

「……峰岸健一《みねぎしけんいち》？」

「ええ」

女は、手を止めずに続ける。

「今は、H大理学部の大学生のはずです。この就職難の時代に、実家が経営するクリニックの副院長になることが決まっていて、しかも、親の買ってくれたマンションで悠々自適の一人暮らし」

「そうですか」

眼鏡のレンズの向こうで、男のつぶらな瞳がわずかに細められる。

そこに映し出される光景はなんであるのか。

たとえば、どこかの病院の待合室。

ぶつぶつと呟《つぶや》く老婆《ろうば》や、大声で怒鳴り散らす中年男性。別のソファーでは、土気色の顔をした女が、下を向いて祈るように手を組んでいる。

そこへ、小学生くらいの男の子が入ってくる。

彼は、目の前の人間すべてに無頓着《むとんちゃく》で、自分が読みたい漫画だけを取ると、そのまままきびすを返して出ていこうとした。

だが、ドアをすり抜ける一瞬、背後を振り返り、小さく笑う。

諦《あきら》めか。

嘲《あざけ》りか。

男の目にも、その異様さは、はっきり見て取れる。

「ふふ」

現実の世界で、唐突に女が笑った。どこか壊れたような笑い声だ。それで、彼は意識を引き戻される。

「まったく、世の中、狂っている」

侮蔑《ぶべつ》するように言ったきり、彼女は黙り込んだ。

落ちた沈黙に宿るのは底なしの憎悪《ぞうお》で、それが、次第次第にこの部屋の空気を重くどんよりしたものに変えていく。憎しみが、さらなる憎しみを招き、気づけば、飽和状態になってしまったようだった。

針でつついたら、一気にドロドロしたものが流れ出す――。

「……憎悪は、多いほどいい」

男が、口中で小さく呟いた。だが、残念ながら、その囁《ささや》きは、女の耳には届かなかったようだ。

彼女は、一心不乱に文字を綴《つづ》る。あたかも、そうすることで、相手を呪《のろ》い殺せるとでも思っているかのように……。

書き終わった女が大きく息を吐き、男を見た。

「書いたわよ。――それで、このあとは、どうすればいいの？」

「簡単です」

男が答える。ただ、その顔からは、先ほどまでの研究者らしい装《よそお》いは消え、白衣を着たただの人になっていた。

ギシッと。

音をさせて身を乗り出し、男が、女の目を見すえて告げる。

「あとは、あなたの憎悪で『呪い水』を作り、それを相手にかけ**れ**ば、終わりです」

「かける？」

「そう。水は、記憶する物質です。例えば、貴女の憎悪、苦しみ、哀《かな》しみ、そのほかなんでも——。そして、貴女に代わって、貴女が、その男のせいで抱え込んでしまった恨みをすべて、きれいに晴らしてくれますよ」

第一章 クオ・ヴァディス？

TERUKAZU YURUGI
(KIICHI)

KEI HIBINO

1

「いらっしゃいませ〜」

「ありがとうございました〜」

ざわめきを縫って響く店員の間延びした声。

五月の風が吹きぬける店内は、さまざまな年齢層の客たちでごった返していた。

休講になってしまった午後の授業の穴を埋めるため、大学の近くにあるコーヒーショップでゼミ仲間とたむろしている日比野恵《ひびのけい》もその中の一人で、男にしては線の細い彼は、仲間たちの声が飛び交うテーブルに頬杖《ほおづえ》をつき、入り口から入ってきた女子高生の集団をぼんやり眺めながら、品良く整った顔をしかめて考えていた。


どこへ、行こう。

どこまで、行こう——。

もちろん、このあとの予定で悩んでいる訳ではなく、紛《まが》うかたなき哲学的な問いかけである。

今年で二年目に入った大学生活。

健全な男子の考えることかどうかはさておき、いつの頃からか、恵は、そんなくだらないことばかり考えていた。

それが、自分のあり方に対する疑問なのか、先の見えない未来への不安なのか、分からないまま、「神よ、どこへ《クオ・ヴァディス》」などという言葉に惹《ひ》かれて哲学科などを選んだ息子に、母親は「すごいわねえ」と感心し、父親代わりになっている長男は、「この就職難に、お前はバカか」と呆《あき》れ果てていた。

今や一家の大黒柱として厳しい現実を背負って立つ兄としては、いつまでも不甲斐《ふがい》ない次男に対し、それこそ就職先を「どこへ？」と詰問《きつもん》したいのだろう。

だが、それが分かっていれば、恵だって悩まない。

（どこへ――）

焦《あせ》りにも似た思いで、恵は問い続ける。

ただ、その答えを探そうにも、頼みの綱であるはずの哲学科の教授たちは、自分たちの探求に忙しいのか、はたまた単に面倒くさいだけなのか、年間を通して休講ばかりで、一向に授業をしてくれない。

「まったく。これじゃ、学科ごと、『クオ・ヴァディス？』って感じよね」

テーブルを囲む仲間の一人である美和《みわ》がぼやいた。

それが、まるで彼の考えを読んだようにタイムリーな発言だったため、恵が、頬杖をついたまま、チラッと彼女の方を見る。幼馴染《おさななじ》みの美和は、時々、本当にこちらの思考を読んだような発言をするので、驚かされる。

「ホントだよな」

別の男が答えた。

「俺、哲学科って、ハーバード大学の教授みたいな授業を期待していたんだけど、甘かった」

「プラトンのアカデメイアとか」

「哲学は、対話だよ」

「少なくとも、こんな風に本を読んでレポートを提出するだけなんて、大学に来る意味ないよなあ」

みんなの不満が、続々と噴出する。

テーブルの上には、大学図書館の判の押された本が山積みになっていて、げんなりしながらそれらに目をやった恵にしても、声こそあげなかったが、もっともだと頷《うなず》くしかない。誰かに答えを教えてもらいたくて、恵は哲学科を選んだのだ。

自分たちは、どこから来て、どこへ行こうとしているのか。

だが、残念ながら、大学に、その答えはないらしい。

「なあ、そういえば」

ふいに、仲間の一人が、思い出したように話題を変える。

「うちの学校の生徒が、死んだだろう」

「え、そうなの？」

「うん。新聞に載ってた」

「私、知ってる。それ、大谷《おおたに》ゼミの人よ」

美和が、情報を付加する。彼女は、あちこちに知り合いがわんさといて、噂《うわさ》を聞きつけてくる天才だった。

「でも、なんで、死んだんだ？」

「もしかして、自殺？」

「ううん。なんでも、ネットで購入した薬に毒が混入してたとかって」

「怖っ」

「その薬って、ヤバい系じゃないの？」

「知らない。でも、違うと思うよ。……これは、あくまでも噂だけど、その人、鬱病《うつ》かなにかで精神安定剤を飲んでいたらしいから」

「鬱病？」

「じゃあ、向精神薬ってことか。――ま、どっちにしろ、あっぶねえなあ」

「ていうか、その前に、鬱病なんて本当にあるんだ。俺、まわりで、そういう話を聞くのって、初めてかも」

その時、脇《わき》を通り過ぎた女子高生の一人が、チラッとこっちを見た。

目の合った恵は、その白々した表情を見て、思う。

（超絶カワイイ！）

柔らかそうな茶色の髪に、ぱっちりと大きな目。それでいて、どこか憂《うれ》いを帯びているのが、西洋絵画の天使を思わせる。

（あの制服、F女学院のだよな）

完全に気の逸《そ》れている恵を置いて、仲間たちの会話が続く。

「でも、その人、なんで鬱になったんだろう？」

「さあ。詳しいことは知らないけど、そのことを教えてくれた先輩の話では、就活がうまく行かなくて、落ち込んでいたって」

美和が言った途端。

「就活！」

みんなが、声をそろえて納得する。

就職活動、略して「就活」は、大学生にとって、気の重くなる人生の試練だ。

「なんか、身につまされるなあ」

「俺たちも、来年はもう始めないとまずいだろうし」

「今年からだろう。やっぱ、のん気に哲学なんてしている場合じゃないか」

それぞれが、頭を抱えたり、椅子《いす》の背にもたれて天を仰いだりする中、「ああ、そういえば」と幼馴染みの美和が、恵に向かって言った。

「就活といえばさあ、ケイちゃん、長期でできるアルバイトを捜しているんだって？」

「そうだけど、誰に聞いた？」

「ジンさん」

六つ年上の兄の名前をあげられ、恵が唇を尖《とが》らせる。

「なんで、兄貴が、お前にそんなことを話すんだよ」

「それは、この前の日曜日、駅でばったり会って、お茶したの。——ジンさん、かっこよくなったよねえ。昔は、顔が顔だから絶対にあり得ないと思っていたけど、なんか、内面からにじみ出る自信のようなものが、外見にも出ている感じ?」

不機嫌そうな恵のことなどお構いなしに、美和は嬉々《きき》として続ける。

「やっぱ、男は顔じゃないのね」

「悪かったね。顔だけの男で」

悪態をつくように、恵は応じた。

「稔」と書いて「ジン」と読む兄は、恵とはすべてに於《お》いて正反対の人間だ。

その違いをいちいち挙げていると切りないが、一言で済ませるなら、「顔だけはパーフェクト」と誰からも賞賛される恵に対し、「顔以外はパーフェクト」と誉《ほ》められるのが、稔だった。

実際、母親に似た恵の顔立ちは整っていて、原宿や表参道を歩いていると、芸能事務所の名刺を持った人からよくスカウトされそうになる。

だが、恵には、まったくその気がない。

もったいないと誰もが言うが、面倒くさがり屋な彼に向く世界ではないと思うからだ。

幼い頃から、勉強もスポーツも平均値をたたき出す彼は、気付けば、なんの取り柄もない、大人しく平凡な男になっていた。そのくせ、何者かでありたいという密《ひそ》かな願望はあって、いつも何かを求めてあえいでいる。

それに比べ、容姿と頭脳を、ともに学者であった父親から受け継いだ兄の稔は、一重まぶたでごつい顔立ちをしていて、これで傷でもあろうものなら、フランケンシュタインと間違えられてしまうだろうという、女性にはまったくもてない人生を送ってきたが、成績は優秀で運動神経も悪くなく、異性関係以外は順調な人生を送っている。

そして何より己に対する迷いがない。

そんな対照的な兄弟である稔と恵は、訓読みにすると、「ひびのみのり」と「ひびのめぐみ」という、実にめでたい名前になっている。

いったい、どれだけ収穫すれば気が済むのかと言いたいところだが、これをそのまま訓読みにしなかったのは、彼らの父親の功績だ。無邪気な母親は、そのまま訓読みにしたかったらしいが、学者であった父親が、将来、子供たちが海外留学することを視野に入れ、外国でも通用しやすい音読みの名前にしてくれたのだ。おかげで、「めぐみ」なんて女っぽい名前にならずに済んで、恵は心底良かったと思っている。もし、

「めぐみ」になっていたら、顔立ちと合わせて、絶対に学校で苛《いじ》めの対象になっていただろう。

とはいえ、せっかくの外国風な響きも、活用したのは兄の稔だけだった。

成績優秀な稔は、大学時代、アメリカに留学し、そのまま研究者として向こうの研究室に残るつもりだったらしい。

それが、五年前、父親が「必ず戻る。捜すな」という短いメッセージを研究所のパソコンに残したまま失踪《しっそう》したため、急遽《きゅうきょ》日本に戻ってくる羽目になった。医療機器メーカーの研究所に勤務していた父親は、一説には、最重要機密事項の研究開発に携わっていて、その機密を巡って誘拐されたという噂も流れたが、企業側はそのことを否定している。

結局、脅迫もなにもなかったため、警察は、ただの「家出人」と判断し、その後の捜査をしてくれなかった。

おかげで、父親の行方は、現在も杳《よう》として知れない。

そんな怠慢な警察への憤懣《ふんまん》からか、ただ「見つけたい」という純粋な願望に拠《よ》るものなのか、動機は分からないが、科学者を目指していたはずの稔は、あっさり方向転換し、帰国するなり国家公務員試験を受け、易々《やすやす》と警察官僚になった。当然、いつか自分の手で父親の行方を捜そうというのだろう。

恵には、逆立ちしても真似《まね》できない芸当だ。

そして、何事につけても揺るぎなくことに当たる兄に対し、恵は、いつの頃からか、コンプレックスを抱くようになっていた。

（昔は、顔だけで優越感に浸ったもんだけど……）

人間、顔じゃない。

実際、美和の言葉は、最近、恵が一番気にしていることだ。

「あれ？　ケイちゃん、不機嫌？」

「別に」

「もしかして、やっとジンさんとの立場の違いに気付いたとか？」

「違うよ」

否定するが、勘の鋭い幼馴染みは聞いていない。

「でも、大丈夫。なんだかんだ言って、ケイちゃんは、お得な性格をしているから」

「お得？」

「だって、なぜか、みんな、ケイちゃんには何か与えたがるじゃない。『名は体を表す』って、本当にその通りだよね。誰もが、『みのり』の多いジンさんから、分け前をもらおうとして、その分、ケイちゃんに『めぐみ』たがるの。……う～ん、ジンさん、かわいそう」

「じゃあ、兄貴と結婚すれば？」

「ごめんこうむるわ。私、メンクイだもん」

無情にもあっさり切り捨てた美和が、あっけらかんと言う。

「それで、話を戻すけど、アルバイトの件、どうする？」

「なんのアルバイト？」

「簡単に言うと、編集アシスタントかな」

「編集？」

そこで初めて興味を引かれたように、恵が体を起こす。

「つまり、出版系？」

「うん。といっても、電子書籍のプロダクションだけど。うちの先生の依頼主《クライアント》の一つで、最近業績が急速に伸びて、猫の手も借りたいくらい忙しいんだって」

「へえ」

「先生」というのは、弁護士のことだろう。美和は、稔の紹介で、この春から弁護士事務所で雑用のアルバイトをしている。どうやら「哲学」では、この先絶対に食べていけないと現実に目覚めた彼女は、将来は弁理士か、せめて弁理士になろうと思っているらしい。

「ほら、最近、ネットでちょっと話題になっている、『よろず一夜のミステリー』って、都市伝説を中心に不思議系の題材を扱っているサイトがあるでしょう。あれを運営しているところよ」

「ああ」

その名前は、恵も聞いたことがあった。

友達が、毎日更新される小説を読んでいる。

「でも、アシスタントって、具体的にどんなことをするんだろう」

「そんなの、私が知るわけがないでしょう。面接で訊《き》きなさいよ。——ま、所詮《しょせん》、アルバイトなわけだし、おそらく雑用でしょうけど。ただ、働きによっては、正社員登用もあるみたいだから、やってみて損はないんじゃない？」

「ふうん」

正社員への道が開けるのはいいが、それこそ、その会社の財務状態による。できれば、安定した会社に勤めたいというのが、先行不透明な恵の唯一《ゆいいつ》の希望だ。

「で、その会社、なんていう名前？」

「えっと、確か、『万一夜』と書いて株式会社『万一夜《よろずいちや》』だったような……」

「万一夜？」

なんだか、「アラビアンナイト」を十倍くらいいかがわしくしたような名前だ。

恵は、「これはあまり期待できそうにないな」と溜息《ためいき》をつきながらも、美和から連絡先を聞き、面接に行ってみることにした。

2

恵たちのいるコーヒーショップと同じ店内で、奥の丸テーブルに近づいた清家希美《せいけのぞみ》は、携帯電話でここにいない友人のブログをチェックしている仲間たちに言った。

「ものすごいオメデタイ大学生がいた」

「どのくらい？」

「ウツになっている人間をまわりで見たことがないって」

「マジ？　ウケる」

「今どき、小学生だって、ウツになる時代なのにね」

「そういうの、なんていうんだっけ？　人間国宝じゃなくてさ」

「もしかして、天然記念物？」

「そーそー、トキとか。あ、トキマークとか、どっかにありそう」

トキの姿形なんて知らないくせに、仲間たちはそんなことを言い合って、笑っている。

それを横目に椅子《いす》に座った希美は、鞄《かばん》から教科書や筆記用具を取り出すと、ジャラジャラとたくさんのストラップがついた透明なペン入れから、色とりどりのマーカーをテーブルの上にばらまいた。

ばらまきながら、思う。

（確かに、最近では、小学生だって生きることの大変さを知っている）

たとえば、クラス換えのたびに、心をよぎる不安。

新しいクラスに馴染《なじ》めるだろうか？

友達はできるだろうか？

イジメにあったりしないだろうか？

もし、昨日までの友達が、ある日突然無視を始め、それがクラス中に広がって、教室に居場所がなくなるなんてことが我が身に起きたら――？

恐怖が、心を鷲摑《わしづか》みにする。

心の底から楽しめる時間なんて、この世に存在しない。いつも周囲を気にして、他の子たちと足並みが乱れないよう細心の注意を払い、人の顔色を窺《うかが》って行動する。

いったい、いつまで？

（おそらく、永遠に）

小さく溜息をついた希美は、ピンクの蛍光ペンを選んでキャップを取る。

生きるのは、大変だ。

それでも、人は生きていかなくてはならない。

心を無にした時、不安や恐怖が心にまったく流れ込んでこない人間は幸せだと、希美はいつも思う。

そして、さっきの大学生たちは、まさにそんな幸せな部類の人間に見えた。

もっとも、それは悪いことではないだろう。

ただ、ラッキーだというだけで――。

「……あの人たち、きっと寝る時も、ひたすら幸せなんだろうなあ」

希美の呟《つぶや》きは、だが、仲間の一人があげた甲高い声に遮られた。

「あ！　見て見て。リナが怒っている」

「また？」

「うん。怒り爆発って感じ」

「ほんとだあ」

彼女たちが勉強そっちのけで覗《のぞ》き込んでいるのは、共通の友人がやっているブログである。

早乙女《さおとめ》リナというその友人は、「アイドル・ボックス」というネット上の動画サイトに自分のプロモーションビデオを投稿し、それがきっかけで、現在は、異色アイドルとしてテレビでも活躍するようになった。

「アイドル・ボックス」では、リナのように、アイドル志望の若者が、自分のプロモーションビデオを投稿し、世界中の閲覧者に投票してもらう。ただし、投票権は有料で、それがその人間のプロモート資金として使われる仕組みになっている。つまり、投票数が多ければ多いほど、資金も潤沢になり、活動の幅を広げていくことができるのだ。

実際、その資金を持参金にして、メジャーな芸能事務所に自分を売り込むアイドルもいて、リナもそのうちの一人だった。

「ブログ、しばらく見ないうちに、たまっている」

「これなんか、やばそうだよ。ファンの一人がストーカーしているって」

「こわ〜」

「文面見ても、リナ、ちょっと精神的にきてるみたいじゃん」

「だから、最近、あんまり学校に出てこないのかな？」

「でも、こう言っちゃなんだけど、ただの素人《しろうと》が投票でアイドルになったってことは、つまり、投票してくれた人には、頭があがらないってことじゃん？　それって、けっこうきついよね。相手は、自分のほうが立場が上だと思っているだろうし」

仲間内では比較的頭のいい子が言った。リナとは、中学校時代からの親友のはずで、希美たちのグループは、元々、派手なリナと優等生タイプのその子の二人を中心にまとまっていたといっていい。

「立場が上？」

「そうでしょう。だって、誰かがお金出して投票権を買ってくれなきゃ、その先へは進めないわけだから。そのへんはわきまえておかないと、投資してもらっている分、相手を怒らせるとヤバイんじゃない？」

「ああ。言われてみれば、そうかも」

「じゃあ、相手はプロデューサー気分？」

「それも、なんかムカつくね」

「ま、所詮、美少女コンテストに優勝したり、スカウトマンの目にとまってデヴューしたスターとは、違うってことよ」

「たしかに」

「実際、この前、テレビで、たまたまリナが女優さんと並んで映っているのを見て、『あ、やっぱ、女優さんってきれいなんだな〜』って改めて思っちゃったし」

日頃、一番のファンと公言している仲間たちの言葉とは思えない薄情さに、希美は眉《まゆ》をひそめて口をはさんだ。

「でも、応援しているんでしょ？」

「まあ、一応」

言ったそばから、彼女たちは互いに顔を見合わせ、舌を出す。

「ていうか、建前？　みたいな」

「そうそう」

「ほら、私たち、トモダチだし、応援しないでどうするってことじゃん」

「けど、現実はさ、甘くないっていうか、やっぱ、顔の良し悪《あ》しって、隣に立つと歴然とするってことだよねえ」

「そういう意味では、希美なら、そこらの女優にも負けないのに」

「言えてる。西洋絵画に描かれる天使みたいだもんね」

早口でまくしたてられた言葉が途切れたところで、希美がぽつりと言う。

「絵画の天使って、どこか不気味だけど」

ついで、気を逸《そ》らすように、古文の教科書をパラパラとめくった。

（友だちなのに……）

そんな想《おも》いが、教科書から吹き付けたかすかな風と一緒に散っていく。

明るい口調ではあったが、リナのことを話すみんなの言い方には、明らかに悪意があった。まだ無名だった彼女のひたむきさを一緒に応援していた頃とは、大違いだ。

テレビに頻繁に出るようになったことへの、嫉妬《しっと》なのだろうか。

分からないが、希美は会話に参加する気にはなれなかった。

今、彼女たちの通う女子校は中間考査の真《ま》っ直中《ただなか》で、明日は、古文と数学と保健体育の試験だ。これから徹夜で、教科書を丸暗記しなくてはならない。

憂鬱《ゆううつ》そうにページをめくっていた希美が、オレンジ色の付箋《ふせん》が貼《は》られたページに差し掛かったところで手を止め、そこを大きく開いた。

同時に、目に飛び込んで来る文字列。

ゆく河の流れは絶えずして、しかももとの水にあらず――。

授業で勉強する以外、まったく触れる機会のない古典だが、希美はこの一文が好きだった。以前、授業中に退屈で眠りこけそうになった時、今みたいに教科書をパラパラといじっていて、偶然目に入ったものだ。

一目見た瞬間、ビビッと来るものがあった。

これを書いた人は、きっと生きるのがつらかったに違いない。世の中が生き難いのは、昔も今も変わらないのかもしれない。

希美の脳裏に、ある女性の柔らかな声が蘇《よみがえ》る。

大丈夫よ、希美ちゃん。この世界に、変わらないものなんて何もないの。

今はどんなにつらく思えても、いつか変わる。――絶対に。

だから、死のうとか思わないで、焦《あせ》らないで、ゆっくり行こうね。

思えば、彼女の言った通りだった。

当時は、苦しくて、苦しくて、すぐにでも何とかして欲しかったし、それができないなら死んでしまいたいと願っていた。

死ねば、恐怖から解放されるのだから。

人の目を気にして、ビクビクしなくていいんだと。

(——でも、私は、こうして生きている)

学校が変わってイジメもなくなり、気付けば、当たり前に朝が来て、当たり前のように学校に通い、こうして仲間たちとしゃべっている。

もちろん、まったく朝が恐《こわ》くなくなったわけではない。

心を無防備にすると、スッと忍び込んでくる友達への不信感や一日が始まることへの恐怖。

(だけど)

希美は、思う。

(私には、「魔法の水」がある。もしまた恐怖に心を支配されても、あれを飲めば心が軽くなって、私らしさが戻ってくるから)

だから、大丈夫だと、希美は蛍光ペンをにぎりしめる手に力を込めた。

魔法の水。

希美を励ましてくれた女性は、「魔法の水」を希美に渡す時、その水がどんなものであるか、簡単に説明をしてくれた。いわく、西洋では、何百年もの昔から、この水が人々の心を癒《いや》してきたのだ、と。

高校生になった今、希美にはそれが、薬草茶《ハーブティー》の一つであることが分かっているが、それでも、彼女は、それを「魔法の水」と呼んでいる。

「あ！　これだ！　リナの怒りの大本は、この事件だよ」

友人たちの声に、もの思いにひたっていた希美は、ハッと現実に引き戻された。

「うわ〜！　なにこれ、超ヤバくない？」

「なにが？」

「ほら、ここ。ちょっと前の日付だけど、イベント会場で、水をかけられたって」

その時、隣のテーブルでパソコンを開いていた男が、ふっと顔をあげた。無精ひげを生やした、やけに青白い男である。

希美は、彼と目が合った瞬間、ゾッとした。

恐怖か、絶望か。

あるいは、他になにか――それがなにかは分からないが、とにかく、どこかギラギラしたものを宿した目が、ひどく良くないものを感じさせる。

その間も、友人たちの会話は続く。

「なんで、水？」

「知らないけどさ」

「でも、硫酸とかじゃなくて、良かったじゃん」

「やめて。それ、怖すぎ」

「だけど、そういえば」

仲間の一人が言った。言いながら、考え込むように上を向き、唇に指先を当てる。

「最近、どこかで、水について怖い話を読んだ気がする。……あれ、なんだったかなあ。恨むとか呪《のろ》うとか、ちょっと怪談めいたものだったんだけど」

「え〜、なになに？」

みんなが、興味を引かれたようにその子のほうに顔を寄せる。ただ、その様子は、傍から見ると、内緒話をしているように見えたかもしれない。

「なんか、面白そう」

「早く思い出してよ」

口々にせっついた。

だが、ちょうどその時、話し手の携帯電話にメールが届いたため、話はそこで終わってしまう。

それでようやく勉強する気になったのか、それぞれが自分たちのノートに手を伸ばしていると、隣のテーブルの男が席を立ち、どこか怯《おび》えたような目で彼女たちのほうを見てから、そそくさと店を出て行った。

気づいた希美は、空になった隣のテーブルを見つめながら、なにか不気味さを伴うものが背筋を這《は》い上がるような気がしたのだが、それがなぜかは、考えても分からなかった。

3

それより少し前。

混み合うコーヒーショップの店内でパソコンを開いていた峰岸健一は、先ほどからずっと、隣のテーブルを陣取っている女子高生たちの会話にイラついていた。

（うるさいな）

だが、もちろん、回りのことなどお構いなしの彼女たちが遠慮するはずもなく、そのうち、一人がさらに声をあげる。

「うわ～！　なにこれ、超ヤバくない？」

女子高生特有のキンキンした声。

「なにが？」

「ほら、ここ。ちょっと前の日付だけど、イベント会場で、水をかけられたって」

（水……？）

そう思って顔をあげたところで、女子高生の一人と目が合った。

やけにきれいな子だ。

どうやら、その女子高生の集団は、最近、ちょこちょこテレビで見かけるようになった「アイドル・ボックス」出身の早乙女リナと友達であるらしい。その割に、言っていることはきついが、女友達なんて、そんなものなのだろう。

それより、目の合った女の子。

実は、店に入って来た時からチェックしていたのだが、男なら誰でもチラ見をしてしまうほどの器量よしだ。

カールする薄茶色の髪に大きな瞳。

それでいて、どこか気だるげな様子もあって、見るものをグイグイ惹《ひ》きつける。

彼女は、仲間内の会話が気に入らないのか、先ほどから一人だけ、広げた教科書に見入っている。

そんなところも、好感が持てた。

今でこそこんな場所に埋もれているが、時が経《た》てば、きっと世に出てくる——。そんなことを思わせる輝きを、容姿の良さとは別に、彼女は持っている。

（それに比べて、俺は……）

開いたパソコンの画面に視線を戻しながら、峰岸は思う。

（この先、どうなってしまうのか）

何をやってもうまく行きそうにない。

現在、大学四年生だが、すでに就職先は決まっていて、住むところにも困っていない。おそらく食べるものにも、一生困らないだろう。大学の仲間たちからは、羨《うらや》ましがられているくらいで、それが、いったいどんな不満を抱えているというのか。

実際、ちょっと前までは、彼自身、そう思っていた。己の人生は順風満帆で、何も恐れるものなどないと——。

それが、一変したのは、あの時だ。

すれ違いざまに、女から水をかけられた。

その時は、ちょっとした災難に見舞われたとしか思わず、冴《さ》えない顔をしたその女に対し、舌打ちを返して終わった。そのこと自体は、本当に大した話ではなく、むしろ、相手が、もし隣のテーブルにいる女子高生くらい可愛《かわい》ければ、いっそ、知り合うきっかけができて幸運に思うくらいのものだった。

だが、その晩。

公衆電話から着信があり、「お前は、呪われた」と告げられた。

昼間、彼がかけられたのは、ただの水ではなく、水をかけた女の恨みを移し取った「呪い水」というものであったらしい。

（呪い水……）

今、峰岸が開いているパソコン上のカーソルが示す先には、「呪い水」に関するたくさんの情報が載せられていた。具体的な体験談からいかがわしげな情報まで、記述の内容はさまざまだ。

それらをぼんやり眺めながら、彼は考える。

もちろん、初めは、あまり気にしていなかった。

イタズラにしては手が込んでいると思ったが、それでも、いちいち気にしてもしかたないと考えるようにしたのだ。ただ、そう割り切ったところで、心に棘《とげ》が刺さったような嫌な感じは拭《ぬぐ》い去れるものではなく、周囲に対し、少しだけ神経質になる自分がいるのも否定できなかった。

しかも、その後、立て続けに起こったことが、彼を徐々に追いつめていった。

夜遅く、携帯電話にかかってくる無言電話。

時々、家のそばに停められている不審車両。

一度など、自転車に乗っていて、曲がり角から急に飛び出してきた車と、危うく接触しそうになった。それが、よく見かける不審車両であったかどうかは、とっさのことなので判断できなかったが、偶然の出来事として片付けるには、どこか悪意があるように感じられた。

なにより、その時、彼は初めて自覚したのだ。

呪われる。

それは、つまり、誰かが彼に悪意を持っていて、どこかで彼の不幸を念じているということなのだ。

彼は、怖くなった。

それは、いったい、彼の周囲にどんな影響を及ぼすのだろう。

たとえば、あの時、角から飛び出してきた車は、なぜ、もっと慎重な運転をしなかったのか。あるいは、今日、学食で、彼のほうにお茶をこぼした奴《やつ》は、こぼそうと思ってこぼしたのか。

それとも、そこに峰岸健一がいたから、こぼすことになってしまったのか――。

（……俺がいたから、こぼすことになった？）

ふいに浮かんだ考えに対し、峰岸は疑問を持つ。

（俺がいたから、そうなったって、どういうことだ？）

自分で考えていたことなのに、彼にはよく分からない。取り留めのなさというのは、時として、自分でも驚くような奇妙な考えをもたらすようだ。

ただ、そう繰り返した瞬間、彼の背筋を冷たいものが駆け抜ける。

（俺がいたから、そうなった）

あたかも、誰かの悪意が彼の運命を左右するかのように――。

その時、隣の女子高生たちが、「なになに？」と言いながら、顔を寄せ合った。その中の一人が、チラリとこちらを見たように、思う。

（なんだ？）

別に、何が聞こえたわけではなかったが、その女子高生たちが、なにか彼に対する悪口を言っているような錯覚に囚《とら》われ、峰岸は、ひどく落ち着かなくなる。

（……なんだよ。俺が、何をしたっていうんだ）

舌打ちしたい気分で顔を戻すと、いつの間にか省電モードになっていた黒い画面に、彼の顔が映り込んでいた。

表情の乏しい顔。

その中で、目だけが、やけにぎらぎらと血走っている。

こういう顔をした人間を、彼は大勢知っていた。幼い頃から、こんな顔をした大人たちに囲まれて育ってきたのだ。

メンタルクリニックを経営している彼の家では、待合室に、流行の漫画が全巻揃《そろ》っていたのだが、それを、こっそり取りに行って戻る時、ドアのところで振り返って見回した部屋の中には、今の彼とそっくりな表情をした人たちが、自分の名前が呼ばれるのをただひたすら待っていた。

彼らが、その後どうなったかは、知らない。

ただ、今思うのは——。

（もしかして、俺も、彼らのように、おかしくなり始めているのか？）

ブルッと身震いした峰岸は、暗くなった画面に映り込む自分の顔と決別するように勢いよくパソコンを閉じると、荷物をまとめて立ち上がり、混雑するコーヒーショップから逃げるように立ち去った。

4

数日後。

恵が目指す建物は、南青山《みなみあおやま》の一角に、驚くほどひっそりと建っていた。

しかも、都心の一等地にこんなものが建っていていいのだろうかと、最初にその建物を見た恵は、手元の紙に書かれた住所と見比べながら、首をかしげた。

蔦《つた》のからまる古びた洋館。

赤茶けたスレート屋根には、一箇所、円錐形《えんすいけい》のとんがり屋根までついていて、木の玄関扉の脇《わき》には、花鳥をモチーフにしたステンドグラスが嵌《は》めこまれている。ただ、それを「お洒落《しゃれ》」と表現するには、あまりに縦横無尽に蔦がはびこっていて、印象としては、どちらかというと「幽霊屋敷」に近い。

実際、門から玄関までの短いアプローチの両脇を埋め尽くすプランターの間には、沖縄のシーサーや信楽《しがらき》焼のタヌキと並んで、どこで買ってきたのか、いわゆる西洋のガーゴイルに似た怪しげな石像が置いてある。

本当に、こんなところに、電子書籍の編集部があるのかと不安になったが、蔦の迫りくる玄関口には、小さく「株式会社　万一夜」と書かれた表札が見えた。

どうやら間違ってないらしい。

「株式会社　万一夜」は、ホームページを見る限り、メディア界の大手である東亜グループが五十パーセントの出資額を持つ、資本金一億円、従業員数四十人の中規模の会社で、港区高輪に小さいながらも立派な本社ビルを構えている。主に、日中韓で同時刊行する書籍や、三カ国で合計四十万部を売り上げる文芸雑誌を手がけていて、次々に打ち出されるペーパーレスの特性を生かした数々の出版企画は、電子書籍の行く末を見守る各界から注目を浴びているということらしい。

つまり、それなりにきちんとした会社であるはずが、何故《なぜ》、こんなところに、こんな怪しげな分室のようなものを持っているのか。

はなはだ謎《なぞ》だと、恵は思う。

それでも、教えられた「よろず一夜のミステリー」の編集部の住所は、確かにここになっている。

たどり着いた玄関扉には、呼び鈴もなにもついていなかった。

ちょっとの間、その前で逡巡《しゅんじゅん》していた恵だったが、会社であれば、出入りは自由なはずだと思い立ち、そっとドアを押しあけた。

ギギギギッと。

まさに「幽霊屋敷」のような音を立てて、扉は開いた。

二階まで吹き抜けとなった玄関広間。

ステンドグラスを通して自然光が差すだけの薄暗さの中で、まず目に飛び込んでくるのは受付カウンターだが、案内を請《こ》うにも、残念ながら誰も座っていない。しかたなく奥に進みながら、何気なくカウンターの内側を覗《のぞ》き込んだ恵は、とっさに「ひえっ」と驚いて仰《の》け反《ぞ》った。

人はいなかったが、代わりに人形がちょこんと座っていたからだ。

頭の横で二つに結んだ黒い髪。

じっとこちらを見つめる緑色の瞳《ひとみ》。

黒いビロード地にレースをあしらったドレスを着た人形の首には、緑色の珠《たま》を連ねたロザリオがかかっている。

かなり年季の入った精巧な人形だが、そもそも、なぜ、こんなところに人形が置いてあるのか。まさか受付嬢の代わりなんてことはないだろうが、それ以外に、それっぽい理由を思いつかない。

恵が立ち止まって考え込んでいると——。

「誰？」

ふいに声がした。

ドキッとして、慌《あわ》てて振り返りざま、「あ、えっと、アルバイトの面接に」と言いかけるが、最後まで言えずに黙り込む。

またまた、仰け反るほど驚いたのだ。

なにせ、人形から視線を移した先には、英語で「人形《ドール》」というのにふさわしい、ゴスロリファッションに身を包んだ怪しげな女が立っていたからだ。

二つに分けた黒い髪を頭の横で高く結び、顔の半分を占めるほど大きく見せている目には、明らかにカラーコンタクトと思われる緑色の瞳が光っている。

なんというか、ひどく現実味を欠いた存在だ。

彼女を目にしてすぐ、恵は無意識に受付に座している人形を振り返り、また女性に目を戻してから、内心で「ほえ」と感心する。

（そっくりだ）

どちらがどちらを真似《まね》たのか。

なんにせよ、この洋館にこれらの存在は、あまりにできすぎている。

そんなことを思ううちにも、彼が言いかけた説明だけで事情を察したらしい相手が、奥の部屋に向かって声をかけた。

「凜子《りんこ》さん、バイトの面接だって！」

それに応《こた》えて、奥から不審そうな声が返る。

「バイト？――あ、そうか。今行く」

ややあって、新たに女性が現われた。

今度は、いたってまともだ。

ひっつめにした髪に、パンツスタイルのスーツが良く似合う。ただ、いかにもキャリアウーマン風であるのにもかかわらず、どこか男装の麗人を思わせるのは、スーツの下からのぞくのがシャツではなく、ドレープのついたブラウスだからだろう。

女性が、ゴスロリ人形風の女に尋ねる。

「で、面接に来たっていうのは、どの子？　一応、アリサの第一印象も聞いておきたいんだけど」

そう言う彼女の視線が、恵の上を素通りする。どうやら、眼中にないらしい。恵のことは、宅配便の配達人だとでも思っているのか。

それに対し、ゴスロリ人形風の女が、ネイルアートの施された指で恵のことを示しながら、「そこ」と告げる。それから、どうでもよさそうに続けた。

「第一印象は、『誰？』だった」

それで自分の用は済んだとばかり、クルリと向きを変えると、彼女はスタスタと歩き去る。

恵が所在なげにその後ろ姿を見送っていると、状況を把握したらしい女性が、これ見よがしに大きく溜息《ためいき》をついてから、ようやく恵に視線をすえた。

「そういうことか。分かった」

なにが分かったのか、勝手に納得して、彼女は続ける。

「ええっと、どうも、初めまして。私、『よろず一夜のミステリー』の編集長をしている志麻《しま》凜子です。——それで、まず確認させてもらうけど、本当にあなたがアルバイトの面接に来た人？」

聞きながら、彼女は手にしていた紙切れに目を落とす。

「はい」

「成見《なるみ》先生のご紹介で？」

成見先生というのは、幼馴染《おさななじ》みの美和がアルバイトをしている弁護士事務所のボスの名前だ。

「そうです」

「ひびのめぐみ、さん？」

「あ、いや」

そこで、初めて取り違えがあるのに気づいた恵が、訂正する。

「それ、『めぐみ』じゃなくて、『けい』って読みます」

説明しながら持ってきた履歴書を渡すと、受け取って、ざっと目を通した相手が納得する。

「なるほど。『けい』君か。――で、やっぱり男よね？」

疑わしげに付け足された質問に、恵がムッとしながら答える。

「もしかしなくても男ですけど、見えませんか？」

「そうねえ。揺るぎなく男と断言するには、ちょっと線が細いかしら。……でも、まあ、普通に考えれば、男の子よね。……残念ながら」

かなり失礼なことを初対面の人間に言い放った女編集長は、大仰に肩をすくめたあと、履歴書を返しながら「申しわけない」ときっぱり断る。

「せっかく面接に来てくれたのに悪いけど、うち、男は必要としていないの」

「そうなんですか？」

それって、男女雇用機会均等法に違反しているんじゃないかと思ったが、アルバイト採用では、強くも言えない。雇う側にも、都合というものがあるだろう。それに、理由が明白であれば、すっきりした気持ちで帰れる。少なくとも、恵に問題があっての不採用ではない。

「もちろん、こっちの手違いだから、ここまでの交通費は精算するし、無駄な時間を使わせたお詫《わ》びに、その辺でお昼を食べるくらいの謝礼は出させてもらうわ」

そこまで言われてしまえば仕方ないかと、恵があっさり諦《あきら》めかけた時だ。

「なに？　凜子さん。トラブル発生？」

ふいに、明るく良く通る男の声が響いた。

恵が振り返ると、そこに長身の青年が立っていて、かなり高い位置から二人を見おろしていた。

おそらく、受付の奥にある螺旋《らせん》階段からおりてきたのだろう。

洗いざらしのジーンズにダンガリーシャツという出《い》で立《た》ちで、まだ学生っぽさが抜けていないとはいえ、幾分落ち着きが感じられるのと、どこか高圧的な雰囲気から、社会人二年目か、三年目であることを思わせる。

（俺よりちょっと上くらいか。……にしてもなあ）

恵は、相手のことを上から下まで眺め回して、感心する。

やけに威風堂々とした青年だ。

恵も容姿にだけは自信があるとはいえ、線の細さにコンプレックスを持っているのに対し、目の前の青年には、いわゆる「美丈夫」という部類の男らしさがある。それがなんとも悔しくて、心の中で、顔の造作は勝っているぞと、自分自身を慰めた。

その間にも、女編集長が素っ気無く応じる。

「ああ、キイチさん。別に、トラブルというほどのことじゃ。――ただ、こっちの手違いで、彼がアルバイトの面接に来てしまったというだけで。そもそも、アリサの書いたメモには」

言いながら、手に持っていた紙切れを青年に渡す。

「そう書いてあったので、てっきり女の子が来るものだと」

「ひびのめぐみ？」

読み上げた青年は、ボソッと「めでたい名前」と呟《つぶや》き、興味を引かれたように恵を見おろす。

二人の目が合う。

女編集長が説明を続ける。

「実際は、『ケイ』って読むんですって。で、見たとおり、男の子だったわけで、顔だけで言えば合格なんですけど、さすがに女装をしろともいえないし、アリサの第一印象もあまり芳《かんば》しくないので、お引取り願おうかと」

それに対し、紙切れを返した男が、あっさり言った。

「いいじゃん、雇えば」

「えっ？　なんのために？」

「なんでもいいから」

「そんなこと言われても、欲しいのは受付ですから」

（あれ？　そうなんだ）

美和の話では、募集しているのは編集アシスタントということだったが、どこでどう話が食い違ったのか。なんにせよ、それなら、女性のほうがありがたいというのは、分からないでもない。

それなのに、男は唐突に宣言した。

「でも、こいつの採用は決定」

（なんで？）

恵が呆《あき》れ顔で青年を見あげる。

欲しいのは受付だといわれたばかりなのに。

（もしかして、人の話を聞いていないんじゃないか）

　疑うと同時に、「――っていうか」と思う。

（そもそも、こいつ、誰？）

　明らかに年下のくせして、女編集長に対しやけになれなれしく、かつ偉そうに接している。いったいなんの権限があって、こんな決定をくだしているのか。

　女編集長も、驚いた声で確認する。

「本気ですか？」

「ああ」

「本社採用ということ？」

「いや。ここで」

「ここで？」

「だって、『ひびのめぐみ』だぜ？　笑える」

　恵が眉《まゆ》をひそめる。「笑えねえし、そもそも『けい』だし」と反論したかったのだが、がんばって飲み込んだ。

　代わりに、女編集長が言った。

「笑えるって、そんな理由で――」

「だからじゃん」

彼女の言葉を遮った青年が、どこか威厳のある声で続ける。

「これも、『遊び心』ってやつ？」

とたん、女編集長がハッとしたように身体《からだ》を引き、軽く首をかしげて恵のことを見た。

「……ああ、なるほど。そうですか。『遊び心』ね」

それでいったい何が納得できるのか。恵にはまったく理解できなかったが、彼女は張子のトラのように首を縦に動かしている。

そんな彼女を見て、青年が満足そうに付け足した。

「まあ、間違っても、そっちに面倒をみろとは言わないからさ、安心してよ」

「じゃあ、誰が面倒をみるんです？」

「いや、実は、前から万聖《まさと》が助手を欲しがっていて」

「万聖さん？　でも、それなら、それこそ万聖さんに相談なしに、いいんですか？」

「うん」

頷《うなず》いた青年が、ケロリと言い放つ。

「社長命令。それに、どうせあの人、来る者拒まずだから」

女編集長が柳眉《りゅうび》をあげて、「本当か？」と言いたそうな表情になった。どうやら、あまり勝手の通る環境ではないらしい。

ただ、恵は違うことに驚いていたので、あまりそのことに留意しなかった。なんといっても――。

（社長⁉　こいつが⁉）

どう見ても、まだ二十代としか思えないこの青年が、社員数四十人の会社の社長とは――。

目を剝《む》く恵の前で、女編集長が嘆かわしそうにこぼす。

「気の毒に、万聖さん。いつも、キイチさんの気まぐれに振りまわされて。……今頃、イタリアで、ここぞとばかりに羽を伸ばしていますよ、きっと」

「へえ。俺は、あの人が羽を閉じているところなんて、見たことないけど」

「また、そんな」

片手を振ってあしらった女編集長が、恵に視線を移して尋ねる。

「それで、どうやら、雇われることになったらしいけど、君のほうはどうする？」

「どうするって……？」

「受ける？　受けない？」

尋ねられても、結果は分かりきっている。

この不況下、学生に仕事を選ぶ権利はない。まして、アルバイトであれば、多少のことには目をつぶるしかなかった。

「本当に、雇ってくれるんですか？」

青年社長に向かって尋ねると、軽い調子で答えが返る。

「ああ。俺は、社長の万木《ゆるぎ》輝一《てるかず》。あんたには、編集アシスタントのようなことをやってもらうことになる。まあ、言い換えると雑用だな。最初に言っておくけど、けっこう時間拘束もあるし、きつい仕事になるよ」

「……えっと」

脅し文句に怖気《おじけ》づいて、恵は無意識に一歩さがりながら答える。

「学生なので、授業さえ出られれば、他はなんとでも」

「授業って、何科？」

「哲学科」

答えた恵は、「あ、そうだ」と、一度鞄《かばん》にしまいこんだ履歴書を取り出して、差し出した。

「これ、履歴書」

「ふうん」

　どうでもよさそうに受け取った輝一は、一度も中身を見ることなく、言い放つ。

「哲学科ならヒマをもてあましてんだろう。さっそく明日から仕事な」

「明日？　何時に？」

「何時でも、体の空いた時間に」

（てきと～）

　とっさに思うが口にはせず、恵は一抹の不安を覚えながらその場をあとにした。

5

　畳敷きの狭い部屋でテレビを見ていた平山修《ひらやまおさむ》は、ブーブーブーッと、テーブルの上で震動し始めた携帯電話を、テレビから目を離さずに取った。

「はい？」

「あ、ヘイちゃん？　久しぶり」

　軽いノリで電話してきたのは、林《はやし》ひとみだった。

　平山と彼女は、父親が同じ一流企業に勤めていたことから、幼稚園の頃まで同じアパート内に住んでいた。

いわゆる社宅というやつだ。

バブルが崩壊し、今では社宅を持つ会社も減ってきているが、当時は、あちこちに社員寮や社宅があったらしい。

同じ年齢の子どもが少なかったせいか、平山とひとみは、とても仲が良かった。

ただ、同じ会社に勤めているからといって、それぞれの家庭が、いつまでも同じ環境にあるとは限らない。父親が出世コースに乗った林家は、彼らが小学校にあがる前に、新興住宅地に一軒家を買って引っ越していった。

対する平山の家は、社宅が壊されるまで居座り続け、ようやくマンションを買って移り住んだのはよかったが、彼が高校生の時に、父親の浮気が原因で両親が離婚することになり、母親と家を出たあとは、築二十年以上の古い公営住宅に住んでいる。

その頃から精神的に不安定になった彼は、向精神薬とは切っても切れない縁ができ、結局、それがきっかけで薬科大学に進学した。

ひとみとは、一時音信が途絶えていたが、中学校で再会してからは、ずっとメル友の関係を続け、今に至っている。その間、向こうに彼氏がいない時などは、たまに映画を観《み》に行ったり、コンサートを聞きに行ったりと、多少親密さが増すのだが、なんやかんや言っても、彼女はすぐに彼氏を作った。

ひとみは、取り立てて美人ではないが、かといって、目立つほど不細工であるわけでもなく、流行に敏感で、いつも無難な装《よそお》いをしているため、男が、とりあえず付き合うには、ちょうどいい存在なのかもしれない。

平山自身は、ほとんど異性との付き合いはなく、実は、彼女の本命は自分なのではないかと、心のどこかで期待しているのだが、友だち以上恋人未満の存在から脱することは、なかった。

女は、よく分からない。

平山は、彼女と話すたび、思う。

そんな林ひとみからの、半年ぶりの電話である。

現在、彼女はH大理学部の学生で、半年くらい前から同じ学部の先輩と付き合っているはずだ。

相手の明るさに、かすかに苛立《いらだ》ちを覚えつつ、平山はぶっきらぼうに応じた。

「なんか、用か？」

「別に。ただ、ヘイちゃんが生きているかどうか、ちょっと心配になって」

「生きてるよ。悪かったな」

「その後、調子はどう？」

彼女は、平山が、もう随分長いこと鬱病《うつ》を患《わずら》っていて、最近では医者に見切りをつけ、ネットで向精神薬を購入しているのを知っている。かくいう彼女も、一時、大学生活に馴染《なじ》めず、精神的に不安定になり、平山が買っている向精神薬の世話になったことがある。

それが功を奏したのか。

あるいは、学校生活に慣れたせいか。

気づけば、いつの間にか、彼女は普通の状態に戻っていた。

確か、その頃、今の彼氏と付き合い始めたので、もしかしたら、恋愛でホルモンバランスがよくなったのかもしれない。

なんにせよ、それっきり、音沙汰《おとさた》がなかった上での連絡だ。

「調子は、変わらないね」

やはり、ぶっきらぼうに平山は返す。話しながら、テレビ番組をザッピングする。

正直、彼女が向精神薬を飲むようになって、平山は、それまで以上に彼女に親近感を抱いたのだが、あっという間に脱却してしまったことで、今度は、置いていかれたような、あるいは決定的な違いを見せ付けられたような、ある種の疎外感《そがいかん》を植えつけられ、裏切られたような気になっていた。

そんな彼の気持ちも知らず、電話口で、彼女は続ける。ただし、言う前に、わずかに間があった。

「……でも、まだ、ネットで薬を買っているんだよね？」

「ああ」

頷いた平山は、リモコン操作の手を止め、電話に集中する。

「なんで、そんなことを訊《き》くんだよ？」

「え、だって、この前、どこかの大学生が、ネットで購入した薬を飲んで死んじゃったじゃん？　それで、ちょっと気になって」

「へえ。もしかして、心配してくれたんだ？」

「うん。一応、古い付き合いだし」

「それは、嬉《うれ》しいねえ」

平山は、単純に喜んだが、しばらく雑談したあと、ひとみが当初からの思惑を口にしたので、「ああ、やっぱり」と落胆する。

「それでね、彼が、最近、急に精神的に不安定になっちゃって、もうどうしたらいいか分からなくって」

つまるところ、お悩み相談だ。

再び、リモコンでザッピングしながら、平山は聞き返す。

「そいつって、鬱？」

「さあ。なんだか知らないけど、自分は呪《のろ》われたんだって、すごい怯《おび》えてんの。呪いなんてあるわけないって言っているんだけど、いや、絶対に呪われたんだって、自転車で転んだことまで、呪いのせいにしようとするんだもん、やんなっちゃう。こっちにしてみたら、油断して、コケただけでしょって、思うのにねえ」

「ふうん」

平山は、どうでもよさそうに相槌《あいづち》を打った。半年振りの電話で、彼氏の話をえんえんされても、あまり楽しいものではない。

だが、ひとみは、おかまいなしに続けた。

「でね、そんなに不安なら、親に診てもらえばって言ったの。ほら、彼の家、メンタルクリニックの医者でしょう？」

「でしょう？」と当然のごとく言われても、平山にとっては初めて聞く情報なので、なんとも答えようがない。

「医者なんだ？」

「言ってなかったっけ?」

電話の向こうで、ひとみが一瞬ためらいを見せた。

彼女自身、自分と平山の微妙な関係を意識していて、いろんな意味で、彼氏の素性を詳しく話すのを避けていた。平山に気があるというよりは、むしろ警戒心だ。理由はなかったが、なんとなく、彼氏の具体的な情報を、平山には明かさないほうがいいような気がしていた。

だが、この瞬間、なにかが、彼女にそのタブーを破らせる。言わない方がいいと、心のどこかで思っているのに、口が勝手に告げてしまう。

「――ほら、昔、私たちが住んでいた社宅の跡地、あそこに、随分前に四階建てのビルができたの、知らない?」

「……知ってるよ」

「あそこに、『優友《ユウユウ》メンタルクリニック』って精神科の診療所があって、彼、そこの跡取り息子なの。あのビルのオーナーでもあるらしくて、結構なお金持ちなんだけどさ」

「へえ」

平山が、リモコンの操作を止め、田舎の景色が映し出されている画面をじっと見据えながら、尋ねる。

「……そういえば、彼氏の名前、なんていうんだっけ？」

「えっと」

再び逡巡《しゅんじゅん》したひとみは、ややあってその名前を告げる。

「峰岸健一」

「峰岸……」

繰り返す平山の声が低くなり、携帯電話を握る手に汗がにじんできた。ねっとりとした空気が、彼を包み込む。

ひとみが、電話の向こうで早口にまくしたてた。

「でね、ヘイちゃんに頼みがあるんだけど、彼のために、例の薬を分けてもらえないかなあ。もちろん、お金は払うから。――なんといっても、彼、父親に処方してもらうのは死んでも嫌だっていってきかないし、かといって、今、ネットで下手な薬を購入すると、本当に死んじゃうかもしれないじゃん？　その点、ヘイちゃんが、昔から愛用している薬なら、安心して飲めるからさ。――ね？」

ひとみの声が、平山の耳を素通りしていく。

テレビ画面には、田舎で奮闘している人たちを、レポーターが追いかける場面が流れていた。

やがて、ひとみの「ね?」という声で、現実に引き戻された平山は、「分かった」と平坦《へいたん》な声で了承する。

「近いうちに、送るよ」

電話を切った彼は、しばらくそのままじっとしていたが、やがてのろのろと動き出すと、まずはパソコンを立ち上げて、ネットで何か検索し始めた。

ややあって、画面を覗き込みながら呟く。

「海産物……」

それから、身体《からだ》をひねり、授業で使っている薬学の本を取ると、索引を開いて指先で文字を追う。目当てのものを見つけ出し、そのページを開く間、彼は、自分が何故《なぜ》そんなことをしているのか、分かりながらも分かろうとはしなかった。まるで、身体が意志に反して勝手に振る舞い始めたような感じで、自分自身を恐ろしく思ったからだ。

それでも、彼は作業をやり続けた。

後戻りできない一歩を踏み出すために——。

一方、平山との電話を終えたひとみは、ひたすら後悔の念に苛《さいな》まれていた。

（……私、なんで、あれこれ、ぺらぺらとしゃべったんだろう？）

彼氏の名前を言うつもりはなかった。ただ、向精神薬をもらうのに、簡単な経緯を話すだけでよかったはずなのに——。

（どうして……？）

まるで頭の中に忍び込んできた何かによって、スイッチが切り替えられてしまったかのように、彼女は自分の意志に反することをした後味の悪さを味わっていた。

（なんなのよ、もう）

だが、どんなに悩んだところで、教えてしまったものは仕方なく、彼女は、妙な胸騒ぎを覚えつつ、携帯電話をバッグにしまった。

第二章 ✢ アリサのティーパーティー

ARISA MOROBOSHI

1

翌日。

午後の授業が終わってすぐ、恵は、「よろず一夜のミステリー」の編集部に向かった。

ギギギギッと。

音をさせながらドアを開けると、今日も吹き抜けとなった玄関広間の受付に緑色の目をした人形が座していて、通り過ぎる人間の姿をじっと見送ってくれる。

（これも慣れると、いないよりマシか……）

多少の愛着を覚えながら、恵は奥に進む。

考えてみれば、昨日は、受付の前で立ち話をして終わるという、いくらバイトの採用とはいえ、かなり非常識な状況にあったわけで、けっきょく恵が編集部の中を見るのは、これが初めてだった。

編集部内は、外観を裏切らない洋風な作りになっている。

高くとられた天井の下に、アンティーク調の木製家具が配置され、その殆《ほとん》どが本で埋もれていた。幾つか置かれた事務机も、全部木製のどっしりしたもので、全体的にヨーロッパなどのオフィスを思わせるものがある。骨董《こっとう》などにはまったく縁のない恵には、その一つ一つがどれほどのものかは分からなかったが、なんとなく職人の手作り感があって、どれも年季が入っているように見えた。

ものみな古びた様子であるのが、逆に高級感を醸《かも》し出している。

(な〜んて、全部、蚤《のみ》の市だったりして)

思いながら見まわした先に、サンルームがあった。

円形に飛び出したそこには、自然光を浴びた緑が生い茂っていて、それらの緑に埋もれるように、ソファーセットが配置されている。

籐《とう》の枠組みにオフホワイトのクッションセット。

大理石の丸テーブル。

しかも、恵の目の錯覚でなければ、その丸テーブルには、今、アフタヌーンティーのセットが所狭しとばかりに並べられ、三段になった銀器には、下から、サンドウィッチ、スコーン、プチガトーが乗り、丸みを帯びたポットからは湯気が立ちのぼっている。

（ええっと……）

まるっきりホテルのラウンジのようになっているソファーには、例のゴスロリファッションに身をつつんだ女の子と、ひっつめ髪の女編集長が座っていて、まさに「お茶会」を始めようとしているところだった。

恵に気づいた女編集長が、「あら」と声をかけてくる。

「思ったより、早かったわね」

ポットを持ったまま顎《あご》をあげ、彼女は続けた。

「君の机は、奥から三番目ね。物置場に使っていたものだから、ちょっと小さいけど、がまんして。隣の大きな机が、万聖さんの作業場。一番奥のマホガニーの事務机が、ほとんど使われていない社長の机よ。……もったいないったら、ありゃしない。あと、パソコンは、アリサが使えるようにしておいてくれたから、ユーザー名とパスワードを決めてもらって、登録するだけよ。その辺のメモに書いておいてくれたら、明日までにやっておくわ」

「——どうも」

キョロキョロした恵は、おそらくここだろうという場所に鞄《かばん》をおろし、再び異次元空間に視線をやる。

　すると、こっちを見ていたゴスロリファッションの女の子と目が合った。今日もカラーコンタクトを入れているらしく、相変わらず不可思議な緑色の目をしている。

チラッと時計を見あげた女編集長が、紅茶をカップに注ぎながら言う。

「キイチさん――昨日会った社長のことね――そろそろ降りてくる頃だけど、どうせ、引き合わせなんて気のきいたことをしてくれるはずもないから、先に紹介しとくわ。ちょっと、こっちに来てくれる？」

　そこで、恵が近づいていくと、座ったまま女編集長が紹介を始めた。

こうして明るいところで見ると、ひっつめ髪にパンツスタイルの女編集長は、若々しい中にも、三十歳は越しているだろう落ち着きがあった。細身の眼鏡の下にほくろがあるのが、とてもセクシーだ。

「私のことはもう分かると思うけど、『よろず一夜のミステリー』の編集長をしている志麻凜子。みんな『凜子さん』って呼ぶので、貴方《あなた》もどうぞ。それから、こっちは、うちの専属ライターで、諸星《もろぼし》アリサ。――アリサ。彼は、新しく入った日比野恵くん。万聖さんの助手として雇われたの」

緑色の目でチラッと恵を見あげたアリサが、挨拶《あいさつ》の一言もなく凜子に尋ねる。

「万聖さんの助手って、万聖さんに相談したの？」

「まさか。例によって例のごとく、社長の独断。──まったく、相変わらず、強引で気まぐれなんだから、ボンボンは困るわよね」

聞きようによっては悪口とも取れることを平気で口にして、凜子がお茶をすする。

小さく肩をすくめたアリサも、ソファーの背に寄りかかって紅茶のカップに口をつけた。

落ちた沈黙に、恵はなんだか身の置き所がなくなってくる。

（ここは、なんだ？　俺は、どこにいるんだ？）

常に、「どこへ行こう、どこまで行こう」と焦《じ》れったい気持ちで問い続けている恵の中で、なにかが根底から覆《くつがえ》されそうな空間だった。

本人がどこかへ行きたいと思おうにも、もはや、ここは脱出不能な異次元の世界であるのかもしれない。

恵は、自分でも気づかないうちに、地球の裏へと続く穴に飛び込んでしまったのだろうか？

そこでは、哲学など、するだけ無駄。

非論理こそが論理である世界。

（白うさぎは、どこだ⁉）

思っていると、恵を見あげたアリサが、今さらながら尋ねる。

「お茶は、いかが？」

「え？」

恵は戸惑いながら頷《うなず》く。

「──あ、はい。イタダキマス」

この非現実的な世界に足を踏み込んでしまっていいのかどうか。

最初の一歩を踏み出したが最後、自分の衣装が、中世の王子様が着ているようなカボチャズボンに変わってしまうのではないかという不安を覚えつつ、抗《あらが》いきれない力に引きずられるように、恵が陽だまりのほうに足を踏み出そうとした時だ。

「誘惑に弱いな、ひびのめぐみ」

背後で声がすると同時に、着ていたパーカーの襟首をつかまれた。

振り返ると、いかにも起きぬけといった感じの万木輝一が立っていて、応接セットのほうに顎をしゃくってみせながら続ける。

「言っとくけど、三月ウサギのお茶会に足を突っ込んだら、もう二度とノーマルな世界には戻れなくなるから、覚悟しとけよ」

覚悟しとけって。

そんな覚悟がいるくらいなら、禁止するか、最初から雇うなと言いたかったが、新参者が口を出すことではないので黙っていた。

それに、そういう輝一自身もまた、昼間とは思えないほど、酒臭い。

とっさに鼻をつまんで、「うっ」となった恵を見おろし、輝一が「なんだよ、失礼な」と文句を言いつつ、自分の身体《からだ》の臭《にお》いをかぐ。

「ああ、もしかして、酒臭い？」

「もしかしなくても、酒臭いです」

浴びるほど飲んだというより、まるで酒を浴びたかのようである。それに混じって、仄《ほの》かに立ち上る香水のかほり……。

（女だな）

恵が思ううちにも、「仕方ねえなあ」と呟《つぶや》いてクルリときびすを返した輝一が、持っていた茶封筒を恵の胸に押し付けながら言った。

「シャワーを浴びてくるから、その間に目を通しとけ。——戻ったら、すぐに出かけるからな」

高飛車に言い残すと、彼は編集部の奥に消えた。

恵が、呆《あき》れたように溜息《ためいき》をつく。

（こいつら、みんな、真面目《まじめ》に仕事をする気があるのか？）

少なくとも、今のところ、誰一人として仕事をしている素振りはない。今、この場で唯一《ゆいいつ》の仕事といえそうな茶封筒を見おろした恵は、もう一度、大きく溜息をついてから、封筒を開いて中身を取り出した。

そこには、インターネット上のサイトの内容をプリントアウトした紙が入っていて、ざっと目を通した恵が、ややあって呟く。

「……呪《のろ》い水？」

恵は、自分のデスクまで歩いていって座ると、最初に目に付いたものを本格的に読み始める。そこには、こんなことが書かれていた。


みなさん、呪い水って、知っていますか？

呪い水は、誰かを恨んでいる人がいたら、その人に代わって、恨みを晴らしてくれるものなんです。

なんて、そんなことを言っても、簡単には信じられませんよね？

でも、本当なんです。

実際、私は、体験しました。

最初は、半信半疑だったけど、呪い水を作って流しているうちに、だんだんと気持ちが軽くなっていきました。

それが、「呪い水」が効いているなによりの証拠なのだそうです。

不思議ですよねえ。

そうはいっても、本当に恨みが晴らせているのかどうか、相手に会って知りたい気もしましたが、そうすると、せっかく移った恨みが戻ってしまうということなので、がまんしています。

この「がまん」が、ポイント。

それに、気持ちが軽くなるにつれ、相手がどうなっていようと、あまり気にならなくなってきたし。

ホントなんですよ〜。

生きていようが、死んでいようが、楽しんでいようが、不幸でいようが、もうどうでもいいです。

ま、正直に言えば、今でも、不幸になっていてくれたら嬉《うれ》しいと思いますが、そんなことを望んで、自分に幸せが寄って来なくなってもつまらないので、もう彼のことは、考えないようにしようと思います。

そういう気持ちになれたのも、すべて、呪い水のおかげです。

なんか、呪い水なんていうと、かなりアヤシイというか、どっちかといえば、コワイ感じだけど、実際は、ぜんぜんそんなことありません。

あれは、一種の「癒《いや》し」です。

呪い水のパワー。

誰かを恨んでいる人に、お勧めですよ。


そこで、記述は終わっていた。

（なんだ）

恵は、拍子抜けする。

（別に、名前から連想するほど、恐《こわ》いもんじゃないんだな）

ここに書かれている「呪い水」は、字の通りに「人を呪う」というよりは、むしろ、恨みに凝り固まった人の感情を移し取って癒す効果があるらしい。

（ってことは、要は、ただの水？）

考えながらパラパラと紙をめくっていた恵は、そのブログに対する書き込みを読み始めたところで、手を止めた。
そこに、こんな書き込みがされている。

　呪い水。
　実は、使い方によっては、恐ろしい結末を迎えるって、知ってますか？

その書き込みは、そこで止まっていた。
それに対し、他の人が、コメントを残している。

　知らない。
　どんな、使い方？

恵は、紙をめくりながら、食い入るように彼らのやりとりを追い始める。

　投稿者は、呪い水を流したみたいだけど、流さずに、相手に直接かけるんだって。そうすると、恨みが流れず、呪い水にこめられた恨みによって、相手に呪いがかかるらしい。
俺は、試してないけど、興味がある方は、ぜひ試してみてください。

あ、俺も、それ、聞いたことがある。
実際、それで、死んだ奴《やつ》がいるって。

私も。
友だちの友だちが、呪い水をかけられたって、騒いでいたらしいけど、その人、
結局事故で亡《な》くなったみたい。

へえ。同じ人かな。

けっこう、怖いじゃん。
本当に呪われちゃうのか？

そんなの、嘘《うそ》に決まってるよ。

呪いなんて、ないない。ただの思いこみ。

そうかな。

俺は、あると思う。

でも、そもそも、呪い水って、どうやって手に入れるの？

知らない。

茨城のほうのスピリチュアルカウンセラーが作っているって聞いたことあるけど。

その情報、漠然としすぎてませんか？　せめて、名前だけでも。

私、荒川区に、「呪いのお水」というのを売っている「チャン」さんって占い師がいるって聞いたよ。

「お」が余計。

嘘か本当か知らないけど、「三野なんとか研究所」ってところで扱っているって友人は言っていた。

「三野」なに？

「三野バイオポテンシャル研究所」でしょう。私も聞いたことがあって、ホームページを見たけど、どこにも「呪い水」なんて載ってなかった。

（三野バイオポテンシャル……）

なんとなく引っかかりを覚えた恵が、机の上にあった付箋《ふせん》に手を伸ばして、該当ページに貼《は》り付けていると、突然、ガシッと腕をつかまれる。

「よし、行くぞ～」

輝一だった。

しかも、ダジャレのようなことを言いながら再び姿を現わした青年社長からは、酒臭さがきれいに消えていて、ジーンズの上にサマーセーターを着た姿は、やけに爽《さわ》やかだ。かすかに整髪料の香りがするので、それでなんとか誤魔化したのだろう。

なんにせよ、きちんとすると、やっぱり男前だ。

輝一が、凜子に声をかける。

「それで、凜子さん、先方と連絡は取れた？」

「ええ」

頷いた女編集長は、立ち上がり、パンツスーツの凜々《りり》しい姿で闊歩《かっぽ》してくると、机の上からメモを取って差し出す。

「これ。先方の電話番号なので、時間は適当に相談して決めてください」

「ふうん」

猫型のメモを受け取った輝一が、それを恵の鼻先に突きつけて、言う。

「だってさ。分かった？」

「なにが？」

自分の兄よりも年の近そうな気安さで、恵はついタメ口になってしまったが、輝一は気にした様子もなく応じた。

「電話してアポを取る。電話番号は、そこに書いてあるとおり。——詳しい話は、車の中で。……そういえば、ひびのめぐみ、免許は？」

「『ひびのけい』」

さっきからの呼び間違えは、おそらくわざとやっているのだろうが、恵は、一応訂正してから答える。

「持ってるけど、ペーパーかも」

「なんだ、つっかえねえ〜」

（悪かったな）

心の中で突っ込んでいると、車のキーをジャラジャラいわせた輝一が先に立って歩きながら言う。

「仕方ない。万聖が戻ったら、あいつの車で練習しな」

自分の車でやらせたがらなかったのは、それが、数千万円はする外車だからだろう。

駐車場に停まっていたのは、日差しを受けて輝く銀のアストンマーチン。

（この若さで、アストンマーチンかよ――）

助手席のドアを開けながら、恵は軽いめまいを覚えた。

確かに、先ほど凛子が「ボンボンは困る」と口を滑らせていたが、それにしても、こんな車を乗り回すなんて、どれだけの「ボンボン」なのか。

走り出してすぐ、輝一が言った。

「読んだ？」

「いちおう。でも、よく分からなかった。まず『呪い水』って？」

「それを、これから調べるんじゃないか」

「調べて、それから？」

「サイトに載せる」

「ふうん」

「ふうんって、お前、ボケッとしてないで、先方に電話しろよ。これから、会いに行くんだから」

「先方？」

「サイトの投稿者。渡したメモに電話番号が書いてあっただろう？　――というかさ、お前、さっきから、なんでタメ口なわけ？」

「え？」

バレたかと思った恵が、ポケットを探りながら応じる。

「すみません。なんか、兄貴より年が近そうなんで、つい。えっと、気をつけます。……それはそうと、ええっと」

あっちこっち、ポケットを触りながら、恵が慌《あわ》てる。

「あれ？　俺、あのメモ、どこにやったっけ？」

結局タメ口のまま恵が訊《き》くともなしに言うと、交差点でハンドルを切りながら、輝一が呆《あき》れたように答える。

「知らねえよ。——っていうか、マジかよ。敬語はもうどうでもいいから、とにかくメモを見つけろ。……ったく、早まったな。これじゃ、さすがに万聖に怒鳴られるぞ、俺」

そう言われても、まだあれこれ勝手がつかめていないのだ。だいたい、普通は仕事を始める前に、もう少し要点を教えてくれるものではないのか。

恨めしく思いながら、恵は足元の床に猫型の紙片を見つけて、拾いあげる。

「あ、あった！　よかった！」

恵がメモを大事そうに胸に抱いてホッとしていると、運転しながら携帯電話を放り投げた輝一が、「とっとと、電話！」とせきたてた。

「ああ、はいはい」

よく考える間もなく電話した恵は、相手が「もしもし？」と出たところで、自分が何を言えばいいのか、まったく分からないことに気づいたが、あとのまつりだ。

黙りこんだ恵に、電話の相手が、もう一度、今度はかなり不審げに「もしもし？」と問いかけてきたので、恵はとにかく答える。

「あ、えっと、俺、ひびのめぐみ……じゃない、日比野恵といって、決して怪しい者じゃないんですけど、ええっと、それで、――そちら、どなた様でしたっけ？」

言ったとたん、運転席から伸びた手に携帯電話をもぎ取られる。

「お前は、何をやっているんだ？」

「いや、だって――」

言い訳しようとしたがなにも思いつかず、彼は口をつぐむ。それをジロッと険悪に見おろして、輝一が電話に出た。

「失礼しました。『よろず一夜のミステリー』の編集部の者ですが」

話しながらルームミラーで後続車を確認し、路肩に車を停める。

「え、今？ ――いや、きっと気のせいでしょう。でなきゃ、電話の混線か。――ひびのめぐみ？ ――そりゃ、めでたい名前だ。きっとそいつの頭の中も、さぞかしめでたくできているんでしょうね。それで、話を戻すと、今、近くまで来ているんですが、時間は取れますか？ ――そうです、投稿してくださった例の話を。じゃあ、十分後に」

電話を切った輝一は、再びジロッと恵を睨《にら》んで携帯電話を放ると、あとは口もきかずに車を走らせた。

（ヤバい。これは、前途多難かも）

先行きに不安を感じた恵は、そのまま助手席で力なく崩れた。

2

その夜。

「ただいま〜」

ほとんど収穫がないままアルバイト初日を終え、ぐったりした気分で家にたどり着いた恵は、テーブルに並べられた夕食を見て、「う」と気まずそうな顔をする。

「もしかして、兄貴もこれから？」

「そうよ。今、部屋で着替えているから、貴方《あなた》も早く手を洗っていらっしゃい」

そこで、恵は、大慌てで洗面所にかけこんだ。

母親の言いつけに忠実というよりは、少しでも早く夕飯にありつき、できれば、兄が降りてくる前に食べ終わりたかったからだ。

今や一家の大黒柱となっている兄と一緒では、見たいテレビも見られないし、下手をしたら、あれこれうるさく言われてしまう。家族の団欒《だんらん》をできるだけ大事にしようとする兄の分別臭さが、大学生の恵には鬱陶《うっとう》しい。ただ、どうして兄がそこにこだわるのか、その理由を重々承知なだけに、さすがに面と向かって反抗はできない。

四人掛けの食卓には四人分の食器が並べられ、味噌汁《みそしる》とご飯、肉野菜炒《いた》めに数種類の副菜が並ぶ。普通の家庭のいたってありふれた夕食風景だが、四セットある食器類のうち一箇所だけ伏せられたまま、異質なほどの沈黙を守っていた。

本来は、父親が座るはずの席だ。

母親は、「必ず戻る」というメッセージを信じ、いつ、いかなる時に父親が帰ってきてもいいようにと、かつての生活習慣を頑《かたく》なまでに守り通している。

妻としての願いなのか。

はたまた、女の意地か。

にこやかな笑顔を絶やさず、滞りなく同じ毎日を繰り返そうとする母親の行動に、ある時、違和感を覚えた恵は、夕食の席で口にしたことがある。

「こんな生活、いい加減、イヤにならない？」

恵としては、勝手に失踪《しっそう》した父親なんかに縛られず、もっと自由に暮らしたらいいのにという思いがあったのだが、それに対し、黙り込んだ母親に代わり、兄の稔から強烈な一撃が飛んできた。

男兄弟とはいえ、六歳違いで、しかも体格に差があったせいか、それまで口喧嘩《くちげんか》はしても、本格的な殴り合いなどしたことがなかった。子どものうちは、ちょっとした小突き合いや一方的に拳固《げんこ》を食らうことくらいはあったものの、それも稔が中学生になるまでで、それからは、恵が手を出すことはあっても、稔が手を出すことはパッタリなくなっていた。

それが、初めて手加減なく殴られ、恵は、何故兄がおいそれと暴力を振るわなかったのかを理解した。

強いのだ。

文武両道を謳《うた》われる兄の拳《こぶし》は、恵を一撃でひっくり返すほどの威力を持っていた。

以来、恵は、繰り返される日常に文句をいうのを止《や》めた。

だが、相変わらず、違和感は持っている。

日常とは、なんであるのか。

これほどまでに頑なに繰り返すことに、どんな意味があるのだろう。

それに対し、恵を殴った兄の稔は、この異常なまでの飽くなき日常生活に、なんら違和感を覚えることなく、受け入れているようだ。官僚という、規則に縛られた仕事にすんなり馴染《なじ》んだのと同じ要領で、彼は、全《すべ》てを受け入れているのだろうか。

母親以上に、揺るがない。

不自然なまでに繰り返される日常に、嘘《うそ》っぽさを感じて不安定になる恵と、その不安定な日常にどっしりと構えていられる兄の稔。

どちらの精神が、正常なのか。

恵にはさっぱり分からず、そこでも、ふと思うのだ。


どこへ行こう。

どこまで行こう、と。


（ここではない、どこかへ――）

お笑い番組を見ながら恵がご飯を食べていると、二階から降りてきた稔が、リモコンを操作してニュース番組に変えた。

当然、恵は文句を言う。

「ちょっと、勝手に変えるなよ。見てんだから」

「へえ」

応じた稔に、チャンネルを戻す気配はない。ムッとした恵がさらに文句を言おうとすると、母親がご飯をよそった茶碗《ちゃわん》を稔に渡しながら恵を諌《いさ》める。

「恵。お兄ちゃんは、お仕事の関係でニュースを見ておく必要があるのよ。どうしても見たいのなら、録画でもしておきなさい」

これだから、兄と一緒の食事はイヤなのだ。舌打ちする恵を見て、母親が場を和ませるように訊く。

「それより、恵。美和ちゃんの紹介してくれたアルバイトはどうだったの？」

「別に。フツーだよ」

すると、ニュースを見ていた稔が振り向いて、意外そうに会話に割って入った。

「お前、バイト、始めたのか？」

「そう」

「聞いてないぞ」

「だろうね。言ってないもん」

「なんのバイト？」

「編集アシスタント」

「どこの？」

「なんとかって、電子書籍の」

「電子書籍？」

そこで、ごつい顔をしかめた稔が、いかがわしそうに確認する。

「そこ、変な出版社じゃないだろうな。昨今、規制も厳しくなっているから――」

またぞろうるさく言い始めた兄に対し、恵はお箸《はし》を置き、「ご馳走様《ちそうさま》！」と言って席を立つ。さすがに、一日で辞めたくなっているとは言えないし、でも、このまま話を続けていると愚痴が口をついて出そうだったのだ。

「おい、まだ話は終わってない――」

引き止めかけた稔だったが、その時、テレビのアナウンサーが、ネットで購入した向精神薬を服用して死亡するケースが続いているというニュースを読み上げたため、そっちに引き寄せられる。

「あら、この人、恵と同じ大学の人じゃない」

母親が言って、すぐに「恐《こわ》いわねえ」と誰ともなしに呟《つぶや》くのを聞きながら、恵はリビングをあとにした。

3

翌日も、恵はあまり気乗りがしないまま、編集部のドアをくぐった。相変わらず不気味な音のするドアで、編集部というより、最初の印象どおり「幽霊屋敷」と言ったほうがいいかもしれない。

（そもそも、城主があれだからなあ）

恵は、げんなりしながら思う。

万木輝一は、一緒にいると疲れるタイプだ。どこがと問われても答えるのは難しいが、青年社長としての輝かしさは、傍にいる人間のエネルギーを吸い取って、成立しているのではなかろうか。

（もしかして、あいつ、吸血鬼の末裔《まつえい》か？）

だとしたら、こんな古びた洋館を好んで利用するのも頷《うなず》ける。――などと、馬鹿《ばか》なことを考えながら、人形の前を通り過ぎた恵は、室内にむけて挨拶《あいさつ》する。

「おざーす」

その声に応じ、サンルームでお茶をすすっていた凜子とアリサが、振り向いた。

小声でカウントしたアリサの横で、凛子が少し焦《あせ》ったように声をあげる。

「二日目」

「メグちゃん、おはよう。今日もご機嫌麗《うるわ》しそうね」

（メグちゃん？）

あまりに自然に呼ばれ、つい返事をしそうになった恵は、「メグちゃんって、なんだ？」と眉《まゆ》をひそめつつ、応じる。

「あんまり麗しくはないですし、メグちゃんでは、全然ないです」

結局、後付で訂正した恵が、室内を見回して尋ねる。

「それで、えっと……、あいつは？」

社長を呼ぶ言い方ではなかったが、「万木さん」というのも変だし、太鼓もちのように「社長」とは呼びたくない。残っているのは、「キイチ」か「あいつ」だ。

どっちにするか。

恵は、このままアルバイトを続けるなら、今後、あの青年社長との距離の取り方を考える必要性を感じた。

「キイチさんなら、今日は本社よ」

「本社？」

「戦略会議だそうだけど、たぶん、逃げたのね」

鞄《かばん》を持ったままサンルームの壁に寄りかかった恵が、不思議そうに問い返す。

「逃げたって、どういう意味ですか？」

「どういうもこういうも、文字通り、『逃げた』の」

そこで美味《おい》しそうにお茶をすすり、薄く曇った眼鏡越しに恵を見あげて、凜子は続けた。

「ほら、あの人、あんな性格でしょう。在学中に中国語の通訳者試験を通ったくらいだし、あの若さで経営手腕はずば抜けていいそうだから、頭は確かにいいんでしょうけど、とにかく昨日のような、ちんたらと人の話を聞いているのが苦手なのよ。学術的な話ならいくらでも聞けるんだけど、噂《うわさ》話みたいなのは、からきし駄目。なにせ、堪《こら》え性《しょう》がない人だから」

「でも、それなら、端《はな》からこんな仕事をしなきゃいいのに」

恵が、呆《あき》れてコメントすると、「もちろん」と凜子が応じる。

「普段はしてないわよ。取材は、本来、万聖さんの仕事だから」

（出た、『万聖さん』）

初日からよく聞く名前だが、まだ一度もお目にかかっていない。確か、イタリアに取材旅行中ということらしいが、興味を覚えた恵は、ここぞとばかりに突っ込んでみる。

「前から思っていたんですけど、その『万聖さん』っていうのは?」

「ああ、まだ話していなかったっけ?」

「はい」

恵が頷くと、チラッとアリサと目を合わせた凜子が説明する。

「万聖さんは、フルネームを『蓮城万聖《れんじょうまさと》』といって、元々東亜新聞の記者だった人。三年前、まだ大学生だったキイチさんがこの会社を設立する少し前にフリーになったらしく、よく耳にする噂では、それは、この会社の共同経営者になるためだったって。実際は、今もフリーのサイエンスライターを本業にしているけど、この会社のアドバイザーもしていて、『よろず一夜』の『万』は、『万木』の『万』とも、『万聖』の『万』ともいわれているくらいなの。いまだに、どっちかはっきりしてないし。確認しようにも、キイチさんは絶対に口を割らないし、万聖さんに尋ねても、ニヤニヤ笑うだけで」

「へえ。仲、いいんですね」

「キイチさんと万聖さん?」

「はい」

「う〜ん。どうかしら？」

眼鏡を押し上げて考え込んだ凜子が、続ける。

「仲がいいかどうかは分からないけど、付き合いは長いみたいよ。なにせ、万聖さんは、キイチさんの家庭教師をしていたって聞いたことがあるから」

「えっ。万聖さんって、幾つくらいなんですか？」

「年齢不詳だけど、おそらく三十代半ばくらい」

「ふうん」

恵が思っていたより上だった。

「前にも言った気がするけど、今、万聖さんは、東亜グループ系列の出版社の依頼で、イタリアに取材旅行に行っていて、その間、人手不足もあって、社長自らが万聖さんのカバーをしているってわけ。……おそらく、あんな風に思いつきで貴方《あなた》を雇ったのも、万聖さんの代わりをやるのが面倒で、手足として使えそうな人を雇いたかったんだと思う。そこにちょうど、使い勝手の良さそうなメグちゃんが来た」

（メグちゃんは、来てない。ケイくんが来た）

心の中で突っ込みつつ、恵はいじけた。

「どうせ、俺は意志の弱そうな顔をしてますよ」

「いいじゃないの。その分、きれいな顔をしているんだから。——でなきゃ、キイチさんがなんと言おうと、絶対にアリサが出入りを許してないし」

「アリサさんが？」

諸星アリサにそこまでの権限があるのかと不審に思って視線を移すと、相変わらず人形のような緑色の目でこっちを見ていた彼女と、ばっちり目があった。

相手の目がゆっくりと細められ、謎《なぞ》めいた笑みを作る。

（……ああ、果てなき異次元ワールド）

凜子が、話をまとめる。

「とにかく、キイチさんとしては、今後、万聖さんがいない時の働き手として、メグちゃんを育てたいんでしょう。だから、がんばって、机の上にある資料を整理して」

「資料？」

だから、「メグちゃん」ではなく「ケイくん」なんだけどなあと思いつつ、自分の机に目を向けると、Ａ４サイズの紙がはみ出した段ボール箱が、上にも足元にも積み上げられていた。

「嘘！　あれ、全部、俺一人で見るの？」

「そうよ。昨今流行の『仕分け作業』ってやつね。コツとしては、手に取った時に『これは！』と感じるものだけを残して、あとは捨ててしまっていいから」

「それ、身の回りの整理整頓《せいとん》術じゃないですか？」

「そうだっけ？」

とぼけたように応じた凛子が、「まあ」と続けた。

「眉唾《まゆつば》な情報に惑わされず、直感で当たり外れが分かるようになれば、記者として一流になれるんじゃない？――たぶん」

けっこういい加減なことを並べ立て、凛子が付け足す。

「それで、これぞと思った人とは、コンタクトを取ってみて」

「勝手に？」

「ええ。だって、調べるのはメグちゃんの仕事だもの。無駄足も、仕事のうちよ」

「……はあ」

結局、「メグちゃん」が定着しそうな予感も合わせ、げっそりして自分の机に近づいた恵は、いっそ、本当にどこかの「メグちゃん」に来てもらって、自分は辞めちゃおうかなあとネガティブに思いながら椅子《いす》に座り、箱からはみ出した紙の一枚を取り上げる。

それから、黙々と紙の山に目を通すこと、一時間。

資料といっても、ほとんどがサイトから引っ張り出してきた訳の分からない記述だ。

こうして眺めていると、改めて、無責任な放言が世の中にばら撒《ま》かれている実態が、浮き彫りになってくる。

どうでもいいような心の呟きや、不確かな情報を発信することに、いったいなんの意味があるのだろう。そこには、「俺」あるいは、「私」が、「ここにいますけど～」と必死で主張している空《むな》しさがあって、どうにも切なくなってくる。

小さい頃、ゲームより絵本をたくさん与えられて育った恵は、案外、一人で考えているのが好きな人間である。

そして、考えていることを安易にしゃべると、深まるはずの思考がそこで止まってしまうというのも、経験上、分かるようになっていた。じっくりと物事を考えたい時は、少なくとも、煮詰まるまでは一人で考え続けたほうがいい。他人と意見を交えるのは、そのあとじゃないと、自分自身が揺らいでしまう。

突き詰めると、思考というのは、結論ではなく過程が大事なのだろう。

もっとも、哲学科にいると、思考の道程が迷路になっているから、やっかいだ。

それに、同じ読むにしても、つぎはぎだらけの呟きではなく、もっと意味のある文章を読みたい。

呪《のろ》い水って、やっぱ茶色いの？

黒いんじゃない？

呪い水を飲んだら、どうなる？

のろまになる。


そんなくだらない情報ばかり読まされて、目がチカチカしてきた彼は、決意した。

（やっぱり、こんなつまんない仕事、絶対に辞めてやる！）

ただ、単に辞めてしまったら、あの年の近そうな青年社長に「根性なし！」とバカにされそうなので、資料の中で気になったところの情報を置き土産にしてやろうと、あるホームページに記載された番号に勇んで電話をかけたら、電話を受けた相手が淡々と告げた。

「三野は、現在、名古屋に出張中で、来週戻りますが」

「あ、そうですか」

恵は、拍子抜けする。

彼が電話したのは、昨日の時点で資料に付箋《ふせん》を貼《は》っておいた「三野バイオポテンシャル研究所」というところだった。

その後も、ブログやツイッターで、時々名前のあがっていた会社である。

「それなら、三野先生の連絡先は分かりませんか？」

「申し訳ありません。滞在先や携帯番号はお教えしないことになっております。ただ、お急ぎでしたら、お客様のお名前と連絡先、それにご用件をお聞きした上で、こちらで三野に連絡をとることは可能です。——いかがなさいますか？」

立て板に水のごとく説明されたが、いかがもなにも、たいした考えを持っていなかった恵は、あっさり諦《あきら》める。

「あ、いや、そこまではいいです。また、こちらからかけ直します」

受話器を置いて溜息《ためいき》をつき、やれやれと思う。

（つまり、あと一週間は働けってことか……？）

少なくとも、彼の中で、さっきまでの「辞めてやる！」という決意が揺らいだのは、間違いなかった。

4

名古屋近郊にある国際会議場。

恵が「三野バイオポテンシャル研究所」に電話したその日、彼の尋ね人であった三野正彦《まさひこ》は、午前中から、あるシンポジウムの壇上に立って、集まった知識人たちを前に講演をしていた。

壇上に掲げられた大きなパネルには、「意識の限界と可能性〜精神病治療におけるプラシーボの役割」と堂々とした文字で書かれ、その下に、小さく「株式会社ＩＴｅＤ」と主催者の名前が書いてあった。

株式会社ＩＴｅＤは、関西に拠点をおく民間の研究所で、正式名称は「株式会社電気通信技術開発研究所（Institute of Telecommunication Technology Development Co.）」なのだが、知っている人間はほとんどいない。

三野は、本日五番目の講演者だ。

眼鏡をかけた小柄な体にスポットライトを浴びながら、彼は、客席に向かって穏やかに語りかける。

「……と事前に説明した上で先ほどと同じ音を聞かせ、脳内の活動領域をPETスキャンした結果、ある音域の音が、脳内に作られてしまった恐怖の神経回路を一時的に遮断する可能性がでてきました。ただ、どの回路に直接作用して、そのようなニューロンの反応が起きるのかは、十分なデータが得られていないため、対照実験も含め、今後、さらに研究を重ねていく必要があるでしょう。そうはいっても、向精神薬の多剤服用が問題視される中、医師の処方も受けず、ネットで売られている成分の不明瞭《ふめいりょう》な薬を購入するケースも増えていることから、早急にデータを集め、実用化を目指すべきだと考えております。そもそも、プラシーボ効果がもっとも優れた成果をあげるのが、この分野であり、一般の病気に対する薬物治療とは分けて考える必要がありますす。そういう意味で、法整備はもちろんのこと、研究段階における倫理審査に対しても見直しが迫られることになるでしょう」

三野が講演を終えると、会場からまばらな拍手が起こった。その後、簡単な質疑応答を経て、午前の部は終了する。

昼食を食べるため、大勢の人が行き交う広々とした中庭を一人で歩いていた三野は、横合いから「三野」と声をかけられ、立ち止まった。声のしたほうを見れば、椅子にだらしなく座っていた男が立ち上がり、ヘラヘラ笑いながら近づいてくる。

「よお、三野。久しぶりだな。すっかり偉くなっちゃって」

親しげに話しかけられるが、見覚えのない男だった。

ぶよぶよと太った体型に眼鏡をかけた丸顔は、確かに理系の匂《にお》いがするが、研究者というより、むしろオタクのイメージが強い。格好にしても、斜めがけにした鞄やくたびれたフード付きのコートなどに、この場にそぐわない幼さがある。

三野は、眼鏡の下のつぶらな瞳《ひとみ》で相手を見つめ、ややあって言った。

「申し訳ない。どこかで会いましたっけ？」

すると、相手が卑屈な笑みを浮かべて応じる。

「ああ、やっぱり覚えてないか。俺、丹羽真心人《にわまこと》。『真心』の『人』って書いて『まこと』って読む。大学で一緒だったんだけど」

「ああ」

顔にはまったく見覚えがなかったが、「真心の人」と綴《つづ》る変わった名前には、かすかに覚えがあった。確かに、大学時代、同じ学部にそういう名前の男がいて、密《ひそ》かに、そのあこぎな性格をさして、「名前とは正反対の男」という風評が立てられていた。

体型も、言われて見れば、記憶に残るものである。

「思い出した」

たいしたことを思い出したわけではなかったが、三野はそう言って、相手の顔を改めて見つめる。

「確かに久しぶりだな。今、何をやっているんだ？」

「まあ、適当に働いているよ。お前こそ、あんな壇上で講演するなんて、出世したよなあ」

「そうでもないけど、こんなところで会うってことは、丹羽もこの業界にとどまっているんだろう？」

「さあ、どうかな。……というか、今日は、お前に会いに来たんだよ」

「僕に？」

「そう」

コートのポケットに手を突っ込んだまま、丹羽は表情も乏しく言う。

「お前の極秘レポート」

とたん、三野の顔から表情が消えた。

「……なんのことだか、分からないけど」

「隠すなよ。つくばの研究所で、教授に提出して倫理委員会で問題になったっていうアレ。けっこう、俺たちの間では有名だぜ。あの三野正彦が、やらかしたらしいって」

いったい、どこで有名なのか。

この五年、誰も口にしていないことである。

三野は、丹羽の言葉を無視して、クルリと背を向ける。

「悪いが、これで失礼するよ。昼食を食べながら、午後の部の講演内容に目を通しておかないといけないんでね」

そう言って歩きだした三野に、背後から丹羽が告げた。

「呪い水……」

三野が、ピタリと足を止める。だが、決して振り向こうとはしなかった。

その背に向かい、丹羽がさらに言う。

「最近、ネットで取りあげられているけど、あれ、始めたの、お前だろう？」

三野は、背を向けたまま黙っていたが、その顔色は蒼白《そうはく》だ。

丹羽が、まるまるした顔に狡賢《ずるがしこ》そうな笑みを浮かべ、再び近づきながら言う。

「俺さ、お前の書いた極秘レポートをチラッと見たことがあるんだけど、確か、その中に、『呪い水』の原型があったよな。――使い方は変えたらしいけど、本来、あれは、あんなもんじゃなかったはずだな？」

ややあって、ようやく振り返った三野が、眼鏡の奥のつぶらな瞳を細めて応じた。

「もしかして、最近、ネットに変な書き込みをしているのは、お前か？」

「さあ。それは、どうでもいいだろう。ネットなんて、勝手な書き込みばかりなんだ。それより、俺、あのレポートをもう一度読みたいんだよ。今度は、じっくりとね」

その悪意の込められたもの言いに、三野が、眉《まゆ》をひそめて訊《き》き返す。

「なんのために？」

「そんなの、決まってんじゃん」

丹羽は、ヘラッと笑うと、当たり前のように告げた。

「それで、復讐《ふくしゅう》してやるんだよ。実はもう、うろ覚えでやってみたんだけど、やっぱ上手《うま》くいかなくてさあ。……なんていうか、ムカつく女がいてね。俺が手塩にかけて育ててやったのに、その恩も忘れて、いい気になっているから、ちょっと懲《こ》らしめてやろうって」

毒々しさを放つとは、こういうことを言うのか。

丹羽は、恐ろしげなことを口にしている割に、なんの悪気もない口調で話している。

それが、余計に、彼の中の邪悪さを感じさせた。

三野が、汚《けが》らわしそうに眉をひそめる。

「『呪い水』は、そういう使い方をするためにあるわけじゃない。丹羽が、それを使って癒《いや》されたいというのならともかく、そうでないなら、忘れた方がいい。それに、実際、あのレポートはとっくに破棄したんだ。もう、僕の手元には残っていない」

「そうだとしても、自分で考えたことなんだ。今でも、覚えているだろう？」

「いや。忘れたよ」

断言すると、三野は、今度こそ足を止めずに歩き去った。

5

（呪い水……呪い水……呪い水……）

峰岸健一は、混み合う電車の吊《つ》り革《かわ》にもたれ、流れ去る車窓の景色を見ながら、ぼんやり考えていた。というより、「呪い水」が頭から離れない。

通勤ラッシュの時間帯。

大学四年生である彼は、一年の時と違い、この時間に学校に行くことはほとんどなくなっていたが、週の真ん中だけは、一限に実習が入っているため、満員電車に乗るしかなかった。

窮屈《きゅうくつ》な上、嫌な臭《にお》いのこもった車内は殺伐としている。背後に立つ女性の鞄《かばん》が当たって痛いとか、足を踏んだ、いや踏まれたと、もめ事をあげ始めたら切りがないが、なにより、この中の誰かが、彼に対し悪意を向けているかもしれないという不安が、彼を苛《さいな》む。

たとえば、彼の前の座席に座って携帯電話をいじっている女子高生なんかは、電車の揺れに合わせて身体《からだ》を前に出した彼を、あたかも覗《のぞ》き魔であるかのような目でジロリと睨《にら》みあげてきた。そのあと、メールに何を書き込んでいたのか。——こいつ、死んじゃえばいいのに——と、打ったかもしれない。

あるいは、朝から漫画雑誌を広げて読んでいる男。彼が、読んでいる漫画の主人公と同じように、電車の中で出くわした気に入らない人間を十万円で殺してくれと、ツイッターに書き込まないと誰が言い切れるのか。

他にも、窓越しに目の合った女性は、彼を恨みがましい目で見てやしないか。むっつりと腕組した中年男性は、彼に悪意を抱いていないか。こっちを見ながら小声で話す母親と子どもは、彼の悪口を言っているんじゃないか——。

そんな妄想が次から次へと沸き起こり、恐怖を感じながら満員電車に乗っているのは、苦痛以外のなにものでもなかった。

(……本当に、俺はどうしてしまったのだろう?)

半年も前であれば、彼はあっち側の人間だった。周囲の目など気にせず、音楽を聴きながらメールを見るか、漫画を読んでいたはずだ。

それが、なぜ、こんなにもおどおどしながら、他人の動向を気にするようになってしまったのか。

思ううちにも、じんわりと体が汗ばんでくる。嫌な汗だ。

(やっぱり、「呪《のろ》い水」のせいか……)

やがて、電車は乗り換え駅に滑り込み、ギュウギュウ詰めの車内から絞り出されるようにホームに降り立った峰岸は、新鮮な空気に触れてホッとした。

とはいえ、顔色はあまりよくない。ここ数ヶ月の寝不足が祟《たた》っているようで、あと一駅でも乗っていたら、貧血で倒れていただろう。

夢遊病者のような頼りない足取りで、人の流れに身を任せて階段を降り始めた彼は、半ばまで降りたところで、一段踏み外し、そのまま転げ落ちそうになった。

ヒヤッ、と。

とっさに手すりをつかんで難を逃れた彼の体を、冷たいものが走り抜ける。まさに冷水を浴びせられた感じなのに、顔からなにから嫌な汗がドッと吹き出す。

周囲の視線を意識し、恥ずかしさに卑屈な照れ笑いを浮かべて顔をあげた彼は、数歩先まで降りたところから振り返り、禍々《まがまが》しいほど意地の悪い表情で彼を見つめている女と目が合った。

女が、ニッと笑う。

――ざまあみろ。

心の中で、彼女がそう言っているような気がした彼は、それが、先ほど窓越しに目の合った女性であることに気づく。

（「呪い水」の呪いだ――）

蒼白な顔で、峰岸は思う。

（俺が転びそうになったのは、彼女が俺を呪ったせいに決まっている！）

その一瞬。

いったいなぜ彼女が、とか。彼と彼女の間に恨みを抱くようないざこざが少しでもあったのか、とか。

そんな常識的な判断は吹っ飛んでいた。

実際、女には笑う気などなかったのに、彼の照れ笑いにつられ、つい不自然な笑みを浮かべてしまっただけかもしれない。でなければ、本人は、自分が笑っていることにすら気づいていなかった可能性もある。

それなのに、そんな当たり前の疑問を差し挟む余地もなく、彼は確信していた。冷静な判断力を完全に失っている。しかも、体の中に沸き起こった恐怖はとどまることなく広がり、今や、そこにいる全《すべ》ての人間が、彼に対し、強烈な悪意を抱いているように思えてきた。

体が、ガタガタと震えだす。

（やばい――）

焦《あせ》りを覚えた彼は、人を押しのけるように階段を降り、トイレに駆け込んだ。洗面台の上に、ドサッと鞄を置いて乱暴に中身をかき分ける。

ガサガサ。

ゴソゴソ。

教科書やノートの他にも、食べかけのパンやら、懐中電灯やら、さまざまなものが飛び出してきたが、彼はそれをどうでも良さそうに脇《わき》によけ、さらに中身を探った。

（ああ。このままじゃ、俺は壊れてしまう……）

わずかに残る理性で考えた彼は、カプセル錠の薬を見つけ出すと、震える手で包装を破り、錠剤を口に放り込む。

その薬は、峰岸の彼女が友だちから分けてもらったという向精神薬だった。

常備しているペットボトルの水をあおるように飲んだ彼は、ドンッとそれを台の上に置き、鏡に映った自分の顔を睨みつける。

死人のように青白い顔の中で、目だけがギラギラした凶悪そうな相貌《そうぼう》。

これは、いつもの彼ではない。

普段からそれほど明るい受け答えはしないが、それでも、これほど人相が悪いつもりもなかった。

と、その時。

（頼む！　誰か、助けてくれ——）

峰岸は、何かが気管支を逆流してくる感覚を覚える。

息苦しさと、のどが詰まる不気味な閉塞感《へいそくかん》。

グッとのどを鳴らした彼は、胸をかきむしるように押さえながら、もう片方の手を振り回す。

鞄が床に落ち、中身が散らばる。

さらに、一緒に落ちたペットボトルから、トクトクと透明な水が流れ出した。

ひっきりなしに人が出入りするトイレで、異変に気づいた男たちが、「おい⁉」と声をかける。

「あんた、どうしたんだ⁉」

「様子が変じゃないか？」

混乱が広がっていく中、口から泡をふく彼の体が、ゆっくりと汚れた床の上に倒れ込んでいった。

「嘘《うそ》だろ！　ちょっ、誰か、駅員を！」

「いや、救急車！」

人々が立ちまわる足元で、無残にもトイレの床に横たわった峰岸が、かすれた声で呟《つぶや》く。

「呪い……み……ず……が」

その口のまま、絶命した。

6

「今朝、新宿駅構内で死亡した男性は、H大理学部四年生の峰岸健一さんで、死因は、向精神薬に混入した毒物によることが判明しました。警視庁は、これが、ここしばらく続いている――」

プツッと。

ワンセグテレビを消した早乙女リナは、組んだ腕の中に頭を埋めた。

彼女は、怯《おび》えていた。

家の二階に位置する子ども部屋で、ベッドの上に体育座りをし、あたかも自分を守るかのように丸まっている。

その手には、最近買い換えたばかりのスマートフォンがある。

世界中で、ここだけは安心できる場所だ。階下には両親もいて、誰もここまではやってこられない。

(だけど、本当にそうだろうか?)

リナは、先ほどと同じ体勢のまま、ゆらゆらと身体を前後に揺らした。

(だって、私は、呪われたのだ……)

最初は、それがなにを意味するのか、よく分からなかった。だから、あの男から電話がかかってきた時も、「バカじゃない?」と笑ってやった。

漫画じゃあるまいし、呪いなんてあるわけないと信じていたからだ。

だが、今は、「呪われる」というのがどういうことか、分かっている。

呪いは、人生を狂わせる恐ろしいものだ。一人の男のかけた呪いによって、未来が閉ざされてしまった。

リナの人生は、終わってしまったのだ。

（あの男……）

思い出すだけで、ぞっとする。

太った顔に眼鏡をかけ、オタクの臭いをプンプンさせていた彼は、ネットでやり取りしている頃は、それほど嫌な感じはしなかった。もちろん、外見が分からなかったというのは大きいのだろうが、「応援するから、がんばれ！」というさり気ないメッセージには、随分励まされたし、かなりの額を投票のためにつぎ込んでくれたりもして、けっこう感謝していたのだ。どんな人だろうと想像したことも、一度や二度ではなく、芸能事務所やテレビ業界の人だったらいいのにと、夢を膨らませたりもした。

それが、「げっ、マジ？」と残念に思ったのは、「アイドル・ボックス」で上位になった他の子たちと七人組アイドルとして売り出すことが決まり、最初のイベント会場で彼の姿を見た時だった。

「マコッティ」というハンドルネームを名乗り、「ようやく会えたね、リナ」と言った相手は、想像していたのとは全然違い、大汗をかきながら眼鏡を拭《ぬぐ》う、なんとも冴《さ》えない男だった。

正直、その時点で一度ゾッとしたのだが、それでも、それまでの彼の応援は大きかったので、その後もイベント会場やサイン会で姿を見かけた時は、目配せをしたり、一言、二言話しかけたりして、期待に応《こた》えているつもりだった。

そんな彼の異常性が浮き彫りになったのは、初めてセンターポジションを取れた新曲を売り出すために行なわれた握手会の時で、その頃には、「早乙女リナ」を応援してくれる人たちも増え、彼は、大勢いるファンの中の一人にすぎなくなっていた。それに伴い、イベントでは常に先頭に立っていた彼が、もっと熱心なファンに先を越され、五番目くらいに並ぶ姿もたまに見られた。

当然、彼女の中で、彼の存在はどんどん小さくなっていく。

そもそも、いくら昔から応援してくれているとはいえ、彼女はアイドル、彼は、それを応援するファンの一人にすぎない。それを、何を勘違いしたのか、彼は、先頭から十番目くらいに並ぶ羽目になったその握手会で、彼女に告げた。

「リナ。その髪型は、気に入らないな。まるで、男に媚《こ》びるバカ女みたいだ。次の時までに、前の髪型に戻しておいてくれ。分かったか？」

びっくりするほど、高飛車な言い方だった。あまりのことに、一瞬、ポカンとしてしまったくらいである。

しかも、声も甲高く、幼稚園児がダダをこねるみたいだった。

それでも、その場は、周囲の目もあるので、笑顔を見せて、「いつも応援ありがとうございます」と答えた。むしろ、出来るだけ丁寧に接することで、自分との距離を明確に伝えたつもりだった。

そして、それは、相手にも伝わった。

ただし、最悪の受け取られ方で――。

彼の異常行動は、エスカレートしていった。

次のサイン会の時には、また先頭を奪還し、あろうことか、「自分以外の人間としゃべるんじゃない！」と言って騒ぎ立てたのだ。

「お前は、俺の女だ！　俺が目をかけてやったからこそ、ここまでこれたんだ！　分かっているのか⁉」

当然、駆けつけた警備員に取り押さえられ、無様に連れ去られる結果となる。

「ふざけるな、リナ！　お前、俺を裏切るつもりか⁉　お前は、俺のものだ！　ぜったいに思い出させてやるからな！　分かったか！」

離れていく間中、そんな悪態が聞こえ、だんだん小さくなっていった。

正直、怖かった。

いくらアイドルが人気商売とはいえ、あんな風に一方的に感情を押し付けられては、たまったもんじゃない。

もう二度と、彼の顔を見たくない。

イベントのあとで、リナはマネージャーに訴えた。

その結果、彼は、危険人物としてブラックリストのトップに載り、各会場でマークされるようになった。

すると、そのことでプライドを傷つけられたのか、彼のリナへの愛情は、怨念《おんねん》のような形をとって、彼女にぶつけられることになる。可愛《かわい》さ余って、憎さ百倍といったところだろう。気づけば、嫌がらせの手紙や中傷メールが届くようになり、ついに起きたのが、出待ちをしての「水かけ事件」だ。

イベント会場から出てきたリナに、なんの前触れもなくかけられた水。

悲鳴があがる中、呆然《ぼうぜん》と立ち尽くす彼女の目の先に、彼が立っていた。手にペットボトルを持って、ニヤニヤ笑っていたのだ。

心底、驚いた。

しかも、ことはそれで終わらず、その日の晩、自宅の部屋にいた彼女のところに、電話がかかってきた。

「マコッティ」と名乗る男は、愉快そうな声で彼女に告げた。

「お前は、もう終わりだよ、リナ」

「終わり？」

「そう。なぜなら、お前が今日かぶったあの水は、俺の恨みが込められた『呪《のろ》い水』だからだ。つまり、お前は、呪いをかけられた」

「呪い？」

ゾロッと。

その瞬間、部屋の中に、嫌なものが這《は》い降りてくるような圧迫感を感じた。

それを振り払いたくて、リナはわざと明るい声を出した。

「バカじゃない？　呪いなんて、あるわけないじゃん。あんたさ、漫画の読みすぎ」

まくしたてるが、相手は声の調子を変えずに応じる。

「なんとでも言うがいいさ。――だが、お前は、呪いをかけられた。その事実に変わりはない。お前は、呪われたんだよ、リナ。呪われたんだ」

そこで、プツッと。

電話が切れた。

言い返す間もない。

なにも言い返せなかったことで、リナは、後味の悪さとともに、得体の知れない不吉なものまで背負い込んでしまったような気がして、ムカムカした。

しかも、それ以来、彼女は、時折かかってくるようになった「非通知」の無言電話に悩まされるようになった。それで、それまでの携帯電話を買い換えて、今のスマートフォンにしたのだ。

おかげで、一時、無言電話は止《や》んだ。

ただ、それとは別に、あの電話を受けてからというもの、リナのまわりでよくないことが立て続けに起こるようになった。

通学途中に誰かに押され、ホームから転落しそうになったり、仕事先でペットボトルが飛んできたり……。

しかも、スマートフォンに変えた一週間後、再び「非通知」の無言電話がかかってきたのだ。その時は、沈黙したスマートフォンを見つめたまま、リナは、凍り付いたように動けなくなった。

だが、何故《なぜ》なのか。

携帯電話を変える時、一緒に電話番号も変えたというのに、何故、また無言電話がかかってきたのだろう。

あの男は、どうやってリナの番号を突き止めたのか。

理解不能な恐怖の中で、リナの頭に「呪い」という言葉が頭をかすめ、背筋がゾッと冷たくなった。

恐怖心が高じると、周囲の人間がみな、悪意の塊のように思えてくるものだ。それでなくても、敏感な年頃である。

歩いていて、上からものが落ちてくるのも、信号待ちで、まだ赤なのに隣の人が前に出たのにつられて歩き出し、車に轢《ひ》かれそうになったのも、すべて呪いのせいで、どこで何をしていても、自分には不幸が待ち受けているような気になってくる。

やがて、リナは外に出るのが恐《こわ》くなり、家に引きこもりがちになった。

それでも、なんとか頑張って受けにいった連続ドラマのオーディションでは、台詞《せりふ》を間違え、確実だったはずの役を逃してしまった。

またとないチャンスだったのに。

マネージャーや芸能事務所の社長も、落胆の色を隠せずにいた。

（それもこれも、みんな呪いのせいだ。「呪い水」のせい——）

もの思いに耽《ふけ》っていたリナは、そこで、思い出したようにスマートフォンを操作する。
彼女は、最近、「呪い水」のことが書かれたブログやツイッターをチェックし、自分でも書き込むようになっていた。
今も、新しい情報がないか、目を皿のようにして画面を見ていると、あるサイトにこんな書き込みがされているのに気づく。

でも、そもそも、呪い水って、どうやって手に入れるの?

どこで手に入れるかは分からないけど、呪い水で死んだ人の話が載っているサイトがあったので、よかったら参考までに。

http://www.yorozuichiya.com/

リナは、そのURLから、そっちのサイトに飛んだ。
そこは、投稿者がメッセージを寄せられるようになっているらしく、こんな文章が書かれていた。

よろいち編集部様
こんにちは。いつも、サイト見てます。

それで、ちょっと面白い――っていうか、どっちかというと怖い（？）話があるので、よかったら掲載してください。

なにかというと。

今、あちこちで話題になっている「呪い水」ってありますよね？

実は、私の彼が、「呪い水」をかけられて、呪い殺されちゃったんです。

びっくりしました。

呪いって、本当にあるんですか？

できたら、詳しく調べてみてください。

連絡、待ってます。

（東京都　やるせない子）


それに対し、サイトの主宰者のコメントとして、「調査中」の文字が躍っている。

（調査中……？）

つまり、この話が事実かどうか、調査している人がいるということだ。

リナは、指で画面を触って、ページのトップに飛んだ。そこに、サイト名が記されている。

「『よろず一夜のミステリー』？」

呟《つぶや》いたリナは、そのサイトのことがもっと知りたくて、他のページも見ようとした、その時だ。

スマートフォンが着信音を響かせた。

ギクリとして動きを止めたリナが、手の中のスマートフォンを見つめる。暗くなった部屋の中、画面の放つ淡い光が、不気味に辺りを照らし出す。

発信元には、「非通知」の文字。

ややあって、リナは電話に出た。

「もしもし？」

だが、沈黙したままの相手は、軽い息遣いだけを残して電話を切った。

またもや、無言電話だ。

（もう、なんなの⁉）

リナは、持っていたスマートフォンを布団《ふとん》の上に叩《たた》きつけ、再び頭を膝《ひざ》につけて丸まった。

無言電話を受けた時はいつもそうだが、心臓がバクバクと音を立て、嫌な汗が全身から噴き出している。ただ、幾度も繰り返される恐怖の中で、この瞬間、彼女の心に、絶望の先にある新たな怒りが芽生え始めたのも確かだった。

第三章 「呪い水」を求めて

JIN HIBINO　MASATO RENJO　RINKO SHIMA

1

「ふわあっ」

朝日のあたる食卓につき、口が裂けるほどの大あくびをした恵は、涙目のまま新聞を取って広げた。それを読むともなしに眺めていると、背後で稔の声がする。

「お、珍しく早いな、恵」

「ん～」

だらしない格好で生返事をした恵に対し、食卓につきながらチラッと時計を見あげた稔は、「いただきます」と丁寧に手を合わせてから、お箸《はし》を取る。それらすべてが、きちっとしていた。和製版フランケンシュタインみたいな顔をしているくせに、ネクタイを締めただけで、有能な社会人に見えるのだから、不思議なものだ。

改めて見る兄のスーツ姿にそんな感想を持った恵に、稔が呆《あき》れた様子で話しかける。

「お前、朝っぱらから、そんなにぐうたら食っているヒマがあるなら、後片付けくらいして出ろよ」

「なんで？　自分だって、やってないくせに」

「食べたあとくらいは、下げている」

「俺だって！」

すると、稔の茶碗《ちゃわん》にご飯を足していた母親が、小さく笑った。恵の子どもっぽさを微笑《ほほえ》ましく思ったのだろう。

実は、恵はいつも食べっぱなしで飛び出していくのだが、悔しくて、とっさに嘘《うそ》をついてしまった。そのことを知っている母親はもちろんのこと、現職の警察官僚相手に、そんな嘘は通じない。

「本当は、やってないだろう？」

威圧的に念を押され、恵が小さく舌打ちする。

途端、行儀の悪さを咎《とが》めるようにジロリと睨《にら》まれた。

訳ありの家庭環境で、誰よりも口うるさい兄の稔であるが、警察官僚になってからは、その性格に拍車がかかっている。

社会的身分からくる自信なのか。

そもそも、偉ぶるのが性に合っているのか。

昔から兄貴風を吹かせ、また実際に頼りになる存在であったため、恵は稔に対し頭があがらない。そのことを悔しく思って反撃しても、軽くあしらわれるか、でなければ、今みたいにジロリと睨まれて終わりだ。逆らいきれるものではない。

仕方なく、恵は、手元の新聞を読み始める。

一面から読む兄に対し、テレビ欄から読み始める彼は、紙面をめくってすぐ、その記事に行き当たった。

社会面に小さく掲載された、インターネットで購入した薬で死亡する事件が相次いでいるという記事だ。先日、友だちと、大学の先輩が、同じようなケースで亡《な》くなったという話をしたばかりの恵は、湯飲みを手にしたまま、食い入るように読む。

「亡くなったのは、会社員、平石敏江さん（三十八歳）。これにより、昨日、新宿駅構内で死亡したH大学理学部四年の峰岸健一さんを含め、インターネットで個人輸入した向精神薬の服用が原因と見られる死亡例が五人にのぼり、厚生労働省は注意を呼びかけるとともに、入手経路の特定を急がせている」

（へえ。また、死んだのか……）

しかも、今週に入って二人。

日本茶をすすりながら考えていると、あっという間に食事を終え、言ったとおり片付けまでした稔が、上着の袖《そで》に腕を通しながら、恵の肩越しに覗《のぞ》き込んできた。

「なんだ、妙に熱心に読んでいると思ったら、そんなもんに興味があるのか？」

「まあね」

「まさか、ネットで変な薬とか買っているんじゃないだろうな？」

「買ってないって」

「本当だろうな？」

すごむように確認され、恵はムッとする。

「当たり前だろう。ただ、この前、うちの学校の先輩もこれで死んだから」

「……ああ」

どこか考え込むように相槌《あいづち》を打った兄に対し、恵は、玄関を指差して言った。

「ていうか、そんな、人のこと気にしているヒマがあったら、さっさと行けよ。事件が、兄貴を待っている！」

実際、警察庁の官僚が事件現場に出ることは殆《ほとん》どないが、稔は、犯罪が多様化するのに伴い、近年、警察庁刑事局内に創設された広域調査室（Nationwide Investigation Division)、通称「ＮＩＤ」の特別捜査官であるため、必要に応じて全国どこでも出かけていき、地元警察の協力を得て捜査ができる身分だった。

だから、本当に、「事件が、彼を待っている」可能性がある。

しかも、まさにそのタイミングで、スーツのポケットで携帯電話が鳴り出したため、肩をすくめた稔は、携帯電話を取り出しながら家を出て行った。

2

その日、午前中の授業を終えた恵が編集部に行くと、彼の姿を認めた凜子が、目の前に座っている輝一を見おろして、言った。どことなく、子どもを叱《しか》るような口調である。

「ほら、キイチさん、メグちゃんも来たんですから」

「それが、なに？　なんと言われようと、俺は行きたくない」

男前のくせして、本当に子どもみたいに駄々をこねる輝一の机の前に仁王立ちし、凜子が腕を組んで主張する。

「そんなこと言われても、もうアポを取り付けちゃったんです。いい加減、腰をあげないと、万聖さんに報告しますよ？」

「すれば？ イタリアだけど」

高そうな事務机に足を投げ出し、輝一が憎々しい調子で言い返す。

それらのやり取りを尻目《しりめ》に、諸星アリサは一人優雅にお茶しているが、時折、二人の方へ面白そうな視線を流しているあたり、彼らのことをティータイムの余興くらいに思っているのだろう。

自分の事務机に近づいて鞄をおろした恵には、二人が何をもめているのか分からなかったが、ひっつめ髪に細身の眼鏡をかけたキャリアウーマン風の凜子と、態度が高飛車でいかにも我儘《わがまま》そうな青年社長では、どう考えても、我が儘そうな青年社長のほうが悪いに決まっている。社会人たるもの、いくら男前で若くして社長になったからといって、なんでも許されるわけではないのだ。

第一、もめるにしても、内容を聞く限り、脱力しそうな馬鹿馬鹿《ばかばか》しさである。

（こいつ、マジで、子どもか）

心の中で突っ込んでいると、その声が聞こえたのかどうか、輝一が切れ長の目を細めて恵を見た。

それだけで負けそうになるような眼光だ。

なんとも悔しいことに、輝一の場合、無理をごり押しできるほどの容姿と貫禄《かんろく》を持っていて、恵なんか、吹けばピューッと飛んでしまいそうである。

たじろぐ恵に、輝一が言う。

「ということで、ひびのめぐみ。お前、一人で行ってこい。もう大丈夫だろう？」

いや。

大丈夫ではなさそうな感じだし、それ以前に、いったいなんのことやら。

眉《まゆ》をひそめた恵が口を開く前に、凛子がすかさず言う。

「なに、言っているんです。まだ、メグちゃん一人では無理でしょう。肝心なことを聞き出せなかったら、元も子もないんですから」

すると、恵が何も言い返していないのに、輝一は馬鹿にしたように顎《あご》をあげて吐き捨てた。

「んだよ、使えねーな」

それには、さすがにムッときた恵が、そこで初めて口を開く。

「使えねえって、まず何の話をしているのか、分からないんだけど、最初から説明してくれませんかね？」

「ああ、ごめんなさい」

パンツスーツの似合う凜子が、振り返って謝る。だが、謝ってほしいのは彼女ではなく、青年社長のほうだったので、恵は肩をすくめた。

凜子が続ける。

「まあ、そうはいっても、別にたいした話じゃないのよ。ただ、ちょっと興味深い投稿をしてきた子と連絡が取れたから、取材に行ってきてほしいというだけで」

「ふうん」

「なのに、キイチさんが、さっきからなんだかんだ言い訳をして、後回しにしようとするから――」

「そりゃそうだろう」

凜子の言葉を遮って、輝一が主張する。

「どうせ、またぞろ、おしゃべり女のどうでもいいような話をちんたらと聞かせられるだけだぜ？　聞くほうの身にもなれよ」

「でも、それが仕事ですよ」

「万聖の、だろ」

指をあげて強調し、輝一はなおも言う。

「つまり、俺の仕事じゃないし、だいたい、なんで、この万木輝一ともあろう者が、一般市民の愚痴を聞いてやらなきゃならないんだ」

「この」というのが、「どの」万木輝一かは皆目分からなかったし、「そう言うテメエだって、一般市民だろうが！」と心の中で中指を立てて思った恵だが、そんな文句はおくびにも出さず、微苦笑を浮かべて「いいですよ」と応じた。

「そういうことなら、俺、一人で行ってみます」

とたん、意外そうに目を見開いた輝一に対し、凜子が「でもねえ」と少々不安そうに首を傾《かし》げる。

それを横目に見ながら、恵が輝一に言う。

「ただ、一つだけ確認させてもらうと、取材しに行くにあたって、アストンマーチンを使っていいんだよね？」

とたん、憮然《ぶぜん》とした表情になった輝一の前で、凜子がパチンと指を鳴らして賛同する。

「あ、そうね。今、編集部には他に車がないし、取材に行くなら、あれを使わせてもらうしかないかも。――ですよね、社長？」

だが、当然、輝一は大反対だ。

「冗談じゃない。あれは、俺の車だぞ。ペーパードライバーなんかに運転させられるか」

「でも、実際は、会社名義になっているはずですよね？」

税金対策のためにそうしていることを見越しての凜子の発言に、輝一が口を一文字に結んで黙り込んだ。

コチ、コチ、コチッと。

時計の針が時を刻む音が響くほどの沈黙のあと、事務机から足をおろした輝一が、車の鍵《かぎ》を指先にひっかけて立ち上がる。

「分かったよ、行けばいいんだろう、行けば。——ほら、ひびのめぐみ。ボサッと突っ立ってないで、とっとと行くぞ」

（急になんだよ、えっらそうに！　俺はお前の家来か⁉）

心の中で毒付きつつ、ようやく重い腰をあげた輝一のあとに続こうとした恵は、目の合った凜子とウインクをし合ってから、来たばかりの編集部を出て行った。

3

ペンネーム「やるせない子」で投稿してきた女の子は、「林ひとみ」と名乗った。

これといって特徴のない、どこにでもいる姿形をしている。おそらく人混みで別れて、すぐ振り返っても、再び彼女を見つけるのは難しいだろう。ただ、本人は、そうは思っていないようで、自分で思うほど、人間は個別化されていないというのを、まだ分かっていない類《たぐい》の子——、それが、彼女に与えられる最初のカテゴリーであるかもしれない。

H大理学部の三年生。

その大学名を聞いた時、恵はふと既視感《デジャヴ》を覚えたのだが、それがなぜか、すぐには分からなかった。

彼らは、彼女のバイト先であるコーヒーショップで、飲み物を片手に話している。

「それで、その『呪《のろ》い水』をかけられて呪い殺された人というのは？」

輝一が、尋ねた。相変わらず、態度がどこか横柄《おうへい》だ。

「うちの大学の先輩。いちおう付き合っていたんだけど。……ほら、今朝の新聞にも載っていたでしょう？　ニュースでも流れたし」

「新聞？」

パソコンでメモを取りながら話を聞いていた恵は、そこでふと思い当たって、その記事のことを口にする。既視感《デジャヴ》の原因だ。

「それって、もしかして、昨日だかに、新宿駅で亡くなった人のことですか？　確か、ネットで購入した向精神薬が死因だったとかいう」

「そう、それ」

さっきから、落ち着きなく手であちこちを触っているひとみは、薄茶色のナプキンでカップの水滴を取りながら説明する。

「先輩、峰岸健一っていうんだけど、ネットで購入した薬で死ぬなんて、運が悪すぎるでしょう？──だから、やっぱ、『呪い水』のせいなのかなって」

「はあ」

恵が、どこか戸惑ったように相槌を打つ。

内容もさることながら、話している間中、彼女の視線は定まらず、どこかおどおどしている。それに、「いちおう付き合っていた」という男が死んだにしては、それほど悲しんでいる素振りもない。

むしろ、彼女自身が何かに怯《おび》えているようだ。

だが、どうしてだろう？

考える恵の横で、ストローでズズッと飲み物をすすった輝一が、トンッと乱暴にプラスチック製のカップを置いたので、ひとみがビクリと身体《からだ》を揺らした。

（おいおい）

取材対象を怯えさせてどうするんだと、恵がチラッと批判的な視線をやった先で、椅子《いす》の背に寄りかかった輝一が、面倒臭そうに指摘する。

「悪いけど、それだけで、『呪い水』と関係しているっていうのは、ちょっと弱いな。もう少し具体的に関連性がないと」

言ってから、指でトントンとテーブルを叩《たた》く。

（う～ん）

こんなことなら、恵一人で話を聞きに来たほうが、マシだった。なんといっても、人の与太話を聞くのが嫌いではない彼は、輝一のようにイラ立って相手を怯えさせたりしないからだ。

（こんなんで、取材、大丈夫なのか？）

心配になった恵が、窺《うかが》うようにひとみを見ると、彼女のほうでも不安そうに恵を見たので、仕方なく、「どんなことでもいいですよ」と優しく促す。

それでちょっとホッとしたのか、彼女は少し考えてから、話し始めた。

「関連性って言われてもよく分かんないけど、そもそも、『呪い水』をかけられなければ、健一が薬を飲むこともなかったから」

「へえ？」

意外そうに声をあげた輝一が、テーブルを叩くのを止《や》めて確認する。

「峰岸健一は、『呪い水』のせいで、薬を飲むようになったのか」

「……そう」

ためらいがちに頷《うなず》いて、ひとみが下を向く。

（――やっぱり）

恵は思う。

（彼女の様子は、どこか変だ）

いったい、何を気に病んでいるのか。訊《き》いてみたい気がしたのだが、輝一が話を続けたので、そのタイミングを逸する。

「じゃあ、その『呪い水』について、もっと詳しく教えてもらおうか」

「詳しく？」

「たとえば、どういう経緯で水をかけられたのか、とか」

輝一に誘導され、ひとみが爪《つめ》を噛《か》んで考える。

「なんだっけ。――ああ、そう。二、三ヶ月前だったと思うけど、彼がここで実験レポートをまとめていたことがあって、その時に、追加でコーヒーを買いに行こうと席を立ったら、女の人にぶつかられて、ペットボトルの水をかけられたって。私は休憩に入っていたからその場面は見てないけど、あとで、バイト仲間からその話をきいて、びっくりしたんだ。髪がボサボサした冴《さ》えない女だったって」

「それなら、彼は、それが『呪い水』だと、最初から分かっていたのか？」

輝一の突っ込みに、ひとみが首を横に振る。

「ううん。知らなかったと思う。――というか、その夜に、公衆電話から電話がかかってきて、『呪い水』の話をされたみたいだから」

「なるほど」

「健一ってば、『呪い水』のことをすごく気にしてた」

ひとみは、ストローの外装を手の中でもてあそびながら、話している。

「私は、そんなの、ただのイタズラだから大丈夫だよってさんざん言ったんだけど、『自分は、誰かに呪われても仕方ない』とか、『大勢の人間が恨んでいるはずだから』とか言って、聞いてくれなくて。……あれ、強迫神経症っていうのかなあ……、だんだん、回りの人がみんな、自分に悪意を持っている気がするとか言い出して、ちょっとのことにもビクビクして、このまま、窓から飛び降りて自殺でもするんじゃないかってほどおかしくなってきたから――」

そこで、ふいに彼女が言葉を止めたので、恵と輝一が同時に顔を向ける。

彼女は、ストローの外装をいじりまわすのもやめて、思いつめた表情で一点を見つめていた。

輝一が、少し苛立《いらだ》ったように、「で?」と乱暴に促す。

「それで……」

輝一の態度に圧されながらも、なお逡巡《しゅんじゅん》していた彼女が、ややあって小さな声で告白した。

「実は、さっきはネットで購入したって言ったけど、本当は、私が友だちに頼んで薬を分けてもらったの。昔から精神的に不安定な子がいて、けっこう前からネットでよく向精神薬を買っているのを知っていたし、私も、一時期、その子からもらった薬を飲んでいたことがあるから、その子に頼めば大丈夫だろうって。――まさか、それが原因で死ぬなんて思わなくて」

一拍置いて、彼女が言う。

「――ね、これって、やっぱり『呪い水』のせいだと思わない?」

「何故《なぜ》?」

「だって、ネットで直接薬を買っていた子のほうが頻繁に飲んでいるのに、買った子じゃなく、たまたまもらっただけの健一が死ぬなんて、どう考えてもおかしいもん。確率として逆でしょう？」

同意を求められ、恵と輝一が顔を見合わせる。

「まあ、確かに」

「逆かもしれないな」

なんにせよ、峰岸健一は、自分で購入した薬を飲んで死んだわけではなかった。そうではなく、彼女の友人が買ったものを、彼女を介して手に入れていた。

それは、今後、どんな意味を持ってくるのだろう。

輝一が、確認する。

「つまり、峰岸健一が飲んだ薬は、別の人間が購入して君に渡したものなんだな？」

「……うん」

気まずそうに頷いた彼女は、「でも、私」と言い訳めいたことを口にする。

「健一の家、メンタルクリニックだから、お父さんに診てもらえって言ったんだよ？なのに、なんか知らないけど、それだけは死んでも嫌だって言って、診てもらおうとしないんだもん。診てもらえば、きちんとした薬を処方してもらえるのに。――で、案の定、症状はどんどん悪くなっていったから、仕方なく友だちに頼んだの」

そこで、口を噤《つぐ》んだ彼女が、下を向いてポツリとこぼす。

「でも、やっぱ、健一が死んだのって、私のせいかな？　……呪いのせいじゃなく」

つまり、それが彼女の怯えの原因らしい。峰岸健一の死に、多少なりとも責任を感じている。

己の判断が、結果、恋人を死に追いやった。別に意図したわけではなく、彼のために良かれと思ってやっただけのことが、逆に不幸を呼び込んでしまったのだ。

それは、つらい葛藤《かっとう》を彼女の中にもたらしただろう。

だから、彼女は、ことさら彼の死の原因を「呪い水」のせいにしたかったのかもしれない。

罪悪感から逃れたくて。

恵は、視線を逸《そ》らして輝一を見た。

堪え性のない青年社長は、相変わらず面倒くさそうな表情で頬杖《ほおづえ》をついている。どうやら彼女の心情などどうでもよく、早く情報を聞き出して帰りたいらしい。

視線を戻した恵は、悩んだ末、慰めの言葉を口にする。

「林さんのせいじゃないと思います」

とたん、ひとみが、はじかれたように顔をあげて恵を見る。その目が赤く潤《うる》み、今にも涙が出そうになっていた。

「……本当に、私のせいじゃないと思う？」

「はい」

恵は、しっかりと頷き、続ける。

「呪いがあるかどうかは、この際おいといて、峰岸健一さんが亡《な》くなったのは、あくまでも毒物の入った薬を飲んだせいであって、貴女《あなた》が直接手をくだしたわけではないですよね？　だったら、林さんが、自分を責める必要はないですよ。その代わり、友人――彼女として、峰岸健一さんの死をきちんと悲しんであげれば、それでいいんじゃないかって思います」

「悲しむ……？」

意外なことを聞かされたかのように、ひとみがその言葉を繰り返す。

「言われてみれば、私、悲しんでなかったかもしれない。なんかもう、色々なことで頭が一杯で……。でも、そうだよね。健一が死んじゃって、私、悲しいはずなのに」

そう呟《つぶや》いた彼女の目から、ポタリと涙が落ちる。

ポタリ。

ポタ。ポタ。ポタ。

まるで、栓が取れたかのように、涙はあとからあとから出てきた。

気づいた周囲の人間が奇異な目を向ける中、恵は、テーブル越しに彼女の手に触れ、ポンポンと安心させるように優しく叩いた。

輝一が、そんな恵の横顔を、もの珍しそうに眺める。

ややあって、落ち着きを取り戻したひとみが、鼻をすすりながら言った。

「だけど、そういえば、あの時、変な感じがしたんだ」

「変な感じ？」

「そう。友だちに、薬を分けて欲しいって電話した時、頭では、余計なことをしゃべっちゃいけないって考えていたのに、なぜか、ふっと健一の名前とか教えちゃったの。――なんていうか、その子とは、微妙な関係というか、友だち、男の子なんだけど、私はメル友以上の思いはないけど、向こうは、多分違ってて、あんまりそういう情報は渡さないほうがいいかなって、いつもは警戒してて。……なのに、あの時は、なんでだろう。なんか、口が勝手にペラペラしゃべっちゃった感じ？　――ほら、たまにない？　ここにこれを置いておいたら、あとで絶対にひっかかって転ぶだろうなって、頭では思っていても、ついそのままにして、結局、ひっかかって転んでケガしたりすること」

「ああ、あるある」

頷いた恵に対し、輝一は肩をすくめただけだった。その際、ちょっとバカにしたように恵を見たあたり、二十代で社長になるような男は、予測できる出来事につまずいたりしないのだろう。

ひとみが、まさに「やるせない子」的な苦笑を浮かべてぼやいた。

「まあ、意志が弱いといえば、それまでなんだろうけど」

「そんなことは——」

「ない」と恵が答えかけた時だ。

「林ひとみさんですか？」

彼らのテーブルの脇《わき》に立った男が、声をかけてきた。

「はい？」

ひとみが返事をしながら相手を見あげ、恵と輝一も声のした方を見た。

途端。

恵が、驚きの声をあげて、立ちあがる。

「兄貴⁉」

そこに、今朝と同じスーツに身を包んだ稔が立っていた。

「恵——」

稔のほうでも驚いたようだが、さすがにこんなことでは動じないらしく、すぐに
「ちょっと、失礼」と断ってから、恵の腕を引っ張って脇に連れて行く。

そこで、改めて問いかける。

「お前、こんなところで何をやっているんだ？」

「兄貴こそ」

「俺は、仕事だよ」

「仕事？」

そこで、チラッとひとみを見た恵が、気懸かりそうに確認する。

「仕事ってことは、捜査だよね？ 彼女、なにか——」

だが、指先一本で恵の言葉を止めた稔が、近づいてきた輝一に視線を移したので、恵は慌《あわ》てて紹介した。

「あ、この人、アルバイト先の社長で、万木輝一っていうの」

「万木？」

その名前に引っかかりを覚えたらしい兄を指し、今度は輝一に向かって言う。

「こっちは、俺の兄貴」

「どうも、初めまして、万木です」

輝一が差し出した名刺に目を通した稔が、自分も名刺を渡しながら言う。

「兄の稔です。弟が、世話になっているようで。もし、こいつのことでなにかあったら、その番号に連絡を」

「へえ」

名刺に目を落とした輝一が、面白いものでも見つけたかのように、片方の眉《まゆ》をあげて言う。

「警察庁の官僚ですか。――なのに、特別捜査官？　――この『ＮＩＤ』って？」

だが、稔は持ち前のポーカーフェイスで質問を流すと、逆に問いかける。

「で、二人は、ここで何を？」

それに対し、輝一がどこか挑戦的に答える。

「ちょっとした取材ですよ。――もっとも、取材内容については、たとえ親兄弟であっても、教えられませんが。ちなみに、彼女とは今日が初対面です」

それだけ言うと、「そうなのか？」と確認するように弟を見た稔の前で、その弟の後頭部を乱暴に押して、「ほら、行くぞ」と促した。

「――おい、押すなよ」

文句を言いながらも素直に従った恵だったが、何を思ったのか、兄を振り返って告げる。

「あのさ、兄貴の仕事に口を出す気はないけど、彼女、峰岸健一の死に責任を感じているみたいなんだ。それで、少し精神的に不安定になっているみたいだから、できれば、その……」

だが、それ以上、なにを言っていいか分からず、口を噤んだ。

そんな弟をもの言いたげに見返した稔が、小さく溜息《ためいき》をついて応じる。

「確かに、お前が口出しすることじゃない。――だが、言いたいことは分かったから、早く行け。だいたい、のん気に人の心配をしているが、お前たちだって、捜査の対象になるかもしれないってことを、忘れるな。警察は、甘くないぞ」

4

恵と輝一が銀のアストンマーチンに乗り込み、軽快なスピードで走り去った道沿いに、学生服姿の生徒たちで混み合うファストフード店があった。

二階の窓際《まどぎわ》に座って外を見ていた清家希美は、「私……」というリナの声で顔を戻す。

テーブルには、彼女を含めて三人の女子高生が座っている。希美とリナと、リナとは昔から仲の良かった優等生タイプの子だ。

友人二人を前にして、リナが愚痴る。

「私、おかしくなりそう。……ううん、もうおかしくなっているんじゃないかな」

言われるまでもなく、早乙女リナは様子がおかしかった。顔色は悪いし、さっきからずっと、おどおどと不安そうだ。

「何があったの？」

優等生タイプの子が訊《き》き、さらに言葉をつないだ。

「というより、あんた、最近、ブログの更新をしないから、話が全然見えないんだけど」

「だって、それどころじゃなかったもん」

ストローで氷をつついたリナが、暗い表情のまま答えた。

「もしかして、例のストーカー？　水をかけられたっていう」

「そう。しかも、それ、『呪い水』だったの」

「呪い水？」

希美が、「なにそれ？」と訊き返す横で、すかさずスマートフォンを取りあげた優等生タイプの子が、「呪い水」という言葉で検索し始める。

それを見ながら、リナが言う。

「検索しても、はっきりしたことは分かんないから。ただ、実際に『呪い水』をかけられて呪い殺された人がいるって」

「死んだ人がいるの？　本当に？」

希美の確認に答えたのは、優等生タイプの子だ。

「ホントだ。書き込みがしてある。『よろず一夜のミステリー』ってサイトだけど、ほら」

彼女は、そう言って、スマートフォンの画面を見せてくれた。

覗《のぞ》きこんだ希美が、首を傾《かし》げる。

「だけど、呪いなんて、本当にあるのかな」

納得のいかない希美は、さらに尋ねる。

「それに、それが『呪い水』だって、どうして分かったの？」

「それは、あいつから、電話がかかってきたから」

「電話？　ストーカー男から？」

驚いた希美が、当然の疑問を口にする。

「でも、なんで、その人がリナの携帯番号を知っているの？」

「知らないけど、水をかけられた日に、あいつが電話してきて、『呪い水』のことを言ったの。それで、お前は、終わりだって」

希美が、思いっきり眉をひそめた。

確かに異常だと思ったのだ。内容もそうだし、相手がリナの携帯電話の番号を知っていたことも、かなり気味の悪いことである。

閉口した希美の横で、優等生タイプの子が、どこか落ち着かない様子でスマートフォンを操作している。しかも、こんな話を聞かされているのに、希美と違って顔色一つ変えていない。

奇妙な間が流れたあと、リナが言った。

「それだけじゃなく、舞台で練習していたら上からものが落ちてきたり、決まりかけていた仕事が駄目になったり――。なんか、運を全部、あの男に奪われる気がして恐《こわ》いの。せっかくテレビにも出られるようになったのに、『呪い水』のせいで、私、全部、失《な》くすかもしれない。そんなのイヤ！　絶対にイヤ！　いっそ死んでしまいたいくらい！」

希美は、困ったようにリナを見つめる。

彼女の気持ちは、分からなくもない。

実際、ストーカーなんかが身の回りをうろちょろしていれば、誰だって神経衰弱《ナーバス》になるし、物事がすべて悪い方に転がっていくように感じることもあるだろう。

だが、冷静に考えて、呪いなんて、本当に存在するのだろうか。

(だいたい、「呪い水」？)

どうやらネット上では、色々と情報が飛び交っているようだが、希美にはどうも胡《う》散《さん》臭く思えてならなかった。

そこで、希美は、自分の鞄に手を伸ばしながら言う。

「そういえば、リナに渡したいものがあったの。以前、私が精神的に少し不安定になっていた時に、ある人に教えてもらったお茶なんだけど、飲むととっても気分が落ち着くんだ」

説明しながら、可愛《かわい》いラッピングのされた包みを取り出して、テーブルの上に置く。

「リナ、最近、落ち込んでいるみたいだし、もしよかったらと思って」

だが、目の前に置かれた包みを暗い目で見下ろしたリナは、手を伸ばさずにポツリと呟いた。

「そんなことといって、これ飲んだら、私、死んじゃったりしてね」

「――えっ？」

思いがけず物騒なことを言われ、「なんで、そんな……」と希美が戸惑っていると、スッと背筋を伸ばしたリナが、二人を見比べて言う。

「実は、今日、二人を呼びだしたのは、別に愚痴って同情して欲しいと思ったわけじゃなく、ちょっと訊きたいことがあったからなの」

不安定な様子はそのままに、その瞬間、リナの発する空気に怒りのようなものが加わった。

「なに？　そんな恐い顔して」

優等生タイプの子の言葉に希美も「本当に」と同調する。

「どうかしたの？」

それに対し、リナがつっけんどんに言った。

「私、ケータイ変えたじゃん？」

「うん。無言電話が来るようになったからでしょう？」

「そう。――でも、そのこと、まだあんまり人に言ってないんだ」

「そうなの？」

「知らなかった。――なんで？」

「だって、あいつから電話がかかってきたってことは、誰かがあいつに、リナの番号を教えたってことじゃん？」

「まあ、そうだね」

「だから、今度はそんなことにならないように用心しようと思って。私だって、バカじゃないから」

「そうなんだ……」

そこで、なぜかソワソワしだした優等生タイプの子が、ちらりと希美を見て言った。

「でも、私も希美も、リナの新しい番号を知っているわけでしょう？」

「うん。二人には、リナが教えたからね。リナ、二人のことは、まったく疑っていなかったから。──なのに、またあいつから電話がかかってきた。家族と担任と、あとマネージャーを除いて、あんたたち二人以外、誰も番号を知らないはずのリナのケータイに、あいつから電話がかかってきたのよ！」

般若《はんにゃ》のようにキッと眦《まなじり》を吊《つ》り上げて、彼女は続けた。

「それって、どうしてだと思う？」

もちろん、心当たりのなかった希美が、驚いた顔でリナを見た。

「どうしてって、分からないけど……」

戸惑いながらもう一人の子に視線を移すが、彼女は、なぜか、まったく目を合わせようとしなかった。

（まさか——！）

その瞬間、希美は理解する。

彼女が、教えたのだ。

どうしてなのかは、分からない。だが、彼女は、あろうことか、友だちを苦しめているストーカー男に、その友だちの携帯電話の番号を教えてしまった。

（でも、何故《なぜ》——）

希美の視線が非難めいたものに変わったことに気づいた相手が、ようやく視線を合わせ、開き直ったようにヘラッと笑った。

「なによ、そんな怖い顔してさ。……言っておくけど、私じゃないわよ。希美の方こそ、お金欲しさに教えちゃったんじゃないの？」

「な——！」

希美が、カッとして言い返す。

「ふざけないで！　私は、そんなことしないわよ！　なんで、そんなことをしなくちゃいけないの？　そんなことを言う神経が分からない」

「分からなくて結構。それに、口ではなんとでも言えるもんね」

残忍な口調で希美に答え、彼女は軽蔑《けいべつ》するようにリナに視線を移した。

「だいたい、リナも、私たちを疑う前に、他に疑うべき人間がいるんじゃないの？　話を聞く限り、先生は知っているわけだし、親兄弟や、さっきは名前があがらなかったけど、たぶん、前から付き合っている彼……ほら、バイト先の先輩だったっていうチャラ男、あいつだって、当然、知っているんでしょう？　――少なくとも、私たちだけってことはないはずなのに、真っ先に友だちを疑うって、それこそ、どういう神経？」――

とたん。

バンッと。

テーブルを叩《たた》いたリナが、「もういい！」と吐き捨てる。

「もう、誰も信じられない！　誰のことも、信じない！」

激しい口調で言ったあと、一転して、「ねえ」と絶望的に付け足した。

「これも、『呪い水』のせいなのかな？　――友だちに裏切られるのも？」

それから、鞄《かばん》を引っつかみ、リナは店を出ていった。

しばらく呆然《ぼうぜん》としていた希美は、いつの間にか、何事もなかったかのようにスマートフォンでメールを打ち始めていた友人に、訊く。

「……あのさ。念のために確認するけど、リナのこと、裏切ってないよね？」

「裏切るって、なにが？」

「だから、リナのケータイの番号、誰かに教えたりしてないよね？」

「……さあ」

優等生タイプの子は、メールを打つ手を止めずに答えた。

「よく覚えてないけど、誰かに尋ねられて、教えてあげたかもしれない。でも、別に悪気があったわけじゃなく、ただの親切心からよ？　……その人が、リナに連絡が取れないって言って困っていたから」

希美は、眉《まゆ》をひそめて彼女の顔をマジマジと見る。

「つまり、教えたの？」

「親切心でね」

「だけど、友だちの個人情報を勝手に他人に教えるのは、ルール違反でしょう？」

「ルール違反？」

繰り返した相手は、スマートフォンをおろして希美を睨《にら》む。

「なによ、偉そうに。そうやって、いつも一人でいい子ぶっちゃってさ。――前から言おうと思ってたけど、あんたのそういうとこ、めっちゃ、ムカつく！」

宣戦布告するように言うと、彼女も店を出ていった。

（別に、いい子ぶってなんか――）

思っても言い返せなかった希美は、力が抜けたように椅子《いす》の背にもたれると、ひどい空《むな》しさを覚えながら夕焼けに染まる通りに視線を向けた。

5

輝一と恵が編集部に戻ると、すでに諸星アリサの姿はなかったが、凜子が誰かとお茶会の席に座ってお茶をしていた。心なしか、顔が喜色に輝いている。どうやら、凜子お気に入りの客人らしい。

（へえ。凜子さんでも、こんな顔をするんだ）

知り合ってまだ数日だが、凜子の印象は男勝りできりりと凜々《りり》しいというもので、決して異性の前ではしゃぐタイプに見えなかった。

（でも、これはこれで可愛いかも）

十歳は年上の女性を捕まえて「可愛い」はないかもしれないが、やっぱりこういう表情をする女性は、可愛いものだ。

手前で立ち止まった恵がそんなことを思っていると、車庫入れのせいで遅れてやってきた輝一が、恵の背後で「げっ」と、らしからぬ声をあげた。

その声で、ソファーに座っていた二人が、同時に振り向く。

「あら、お帰りなさい」

立ち上がった凜子を無視して、輝一が客人に呼びかける。

「万聖」

（万聖？）

聞き覚えのある名前だ。呼びかけに応《こた》えて立ち上がった男を見ながら、恵は思う。

（「万聖」って、もしかして……）

額にかかる薄茶色の巻き毛に黒縁の眼鏡。

顔の造作は、いたって普通だ。

身長も高からず、低からず。ただ、ほっそりしているので実際の背丈よりもスラリとして見える。飄々《ひょうひょう》とした様子は、ジーンズの上にTシャツとジャケットをまとった姿と相まってかなり若々しく見えるが、こなれた所作が、明らかに若者ではない大人独特の重みを感じさせた。彼を前にすると、自信過剰で高慢で我が儘《わまま》な青年社長が、年相応の若輩者に見えてくるから面白い。

（へえ。これが、噂《うわさ》の「万聖さん」こと蓮城《れんじょう》万聖か）

本人が不在中に、あれだけの存在感を示したのも頷《うなず》けると思いながら、恵がもの珍しげに眺めていると、黒縁の眼鏡越しに目があった。日本人にしては珍しく、茶色っぽい。

視線を輝一に戻した蓮城が、言う。

「ただいま、キイチくん」

「おかえり。——でも、あんた、戻ってくるのは来週って言ってなかったか？」

「取材が早く片付いたんで、帰国を早めたんです」

「ふうん」

「これ、全部、お土産ですって」

凛子が、お茶会用のテーブルの上に広げられた菓子類を示して言った。さぞかし次からのお茶会が盛り上がるだろうという品揃《しなぞろ》えだ。

だが、せっかくのお菓子も、自分には関係ないと言わんばかりに肩をすくめた輝一に対し、蓮城が恵を顎《あご》で示して訊いた。

「で、彼がそうですか？」

短い言葉をフォローするように、凛子が横合いから付け足す。

「新しく、万聖さんの助手を雇ったことを、話しておきました」

「そう。ひびのめぐみ。あんたに面倒をみてもらうことにしたから、ちゃんと育ててくれよ」

先に輝一に言われてしまったので、恵が慌《あわ》てて訂正する。

「『ひびのけい』です。『恵』と書いて、『けい』」

「ああ、そう」

どっちでもよさそうに受けた蓮城が、予防線を張る。

「まあ、面倒をみるのはいいですけど、急ぎで、今回の原稿を仕上げる必要があるので、しばらくは無理ですよ？」

「分かっている。だから、こうして俺が苦労しているわけだし」

(悪かったな)

自分だって、取材でたいして役に立っていないだろうが——、と思っても、雇い主相手では決して口にはできず、恵はジロリと睨むだけに留めた。

その間に、輝一があっさり話題を変える。

「で、イタリアは、どうだった？　今回は『エクソシスト』の取材だっけ」

「ええ。なかなか、斬新《ざんしん》でしたよ」

何気なく交わされた会話だが、恵は「え?」と耳を疑いながら、つい口に出す。

「今、『エクソシスト』って言った?」

「言ったよ」

「でも、『エクソシスト』って?」

「お前、『エクソシスト』も知らねえの?」

「いや、『エクソシスト』は知ってる。キリスト教圏での、いわゆる『悪魔祓《ばら》い師』だよな?」

「そう」

「その取材?」

そこで輝一に代わって蓮城が「うん」と頷いた。

「――ってことは、『エクソシスト』って、今も実在するんですか?」

恵の疑問は、そこだ。本物の『エクソシスト』が存在するなら、本物の悪魔も存在しなければならない。そんなこと、現代科学が許すはずがない。

だが、恵の常識は間違っていた。

「実在してるよ」

あっさり肯定し、蓮城が続ける。

「ヴァチカンは、公式に『エクソシスト』の存在を認めていて、イタリアでは、『エクソシスト』の養成講座もある。今回、それを取材してきたというわけ」

「へええ」

意外そうな声をあげた恵は、最初の疑問をぶつける。

「ということは、カトリック教会って、今でも悪魔は存在すると思っているんですか？」

「それは、悪魔の捉《とら》え方にもよるね。実際、イタリアでは、近年、『悪魔憑《つ》き』を訴える人が増え続けていて、それは明らかに、精神疾患の領域と重なっている。しかも、投薬治療ではよくならなかった患者が、『悪魔祓い』を体験することで快方に向かう症例も数多く報告されていて、現在、科学を信奉する医学界と聖書を基盤にする教会が、手を結び始めているんだ」

そこまで話した蓮城が、「ということで」と片手を差し出した。

「すでに聞いているみたいだけど、僕は蓮城万聖といって、一応、フリーのサイエンスライターをやっている。ただ、仕事の拠点をここに置いているので、これからよろしく、メグちゃん」

握手しようとしていた恵は、そこで凜子をジロリと見た。

（予感的中）

どうやら恵の呼び名が「メグちゃん」に定着しそうな気配に、あくまでも「けい」を推《お》すべきかどうか悩みながら握手していると、手を放した蓮城が、もう恵には興味を失ったように、輝一に向かって訊いた。

「で、そちらは、何を調べているんです？」

「『呪い水』」

「『呪い水』？」

訝《いぶか》しげに繰り返した蓮城に対し、仕事モードに戻った凜子が、きびきびと動く。

「そういえば、サイトに、新しく情報提供者がアクセスしてきました。これが、けっこういい線行きそうなんですよ。一応、こちらからメールを出しておいたので、早ければ明日には、連絡が取れるはずです」

「男？　女？」

「『はるえ』と名乗っているので、おそらく女性でしょう。……まあ、昨今は、会ってみないと分かりませんけど」

「ふうん」

気乗りしなさそうに相槌《あいづち》を打った上司に、凜子が尋ねる。

「そちらはどうでした？　なにか記事にできそうな情報、取れました？」

「う〜ん」

輝一が腕を組んで唸《うな》りながら、「どうかなあ」と応じる。

「確証は、得られず？」

「というか、それ以前に、事件性が強くなりそうで、おいそれと手が出ないかもしれない」

「事件性？」

凜子が、キラリと瞳《ひとみ》を輝かせた。

「それは、どういった？」

「なんか知らないけど、『呪《のろ》い水』をかけられたっていう男の死を、警察関係者が調べ始めている」

「警察関係者？　——刑事ではなく？」

「サッチョウだって」

そこで、隣に立つ蓮城と顔を見合わせた凜子が、眉をひそめて問う。

「サッチョウって、警察庁ですよね。そんなところが、なんでそんなことを？」

「知らないよ。俺のほうが知りたいくらいだ」

そこで、チラッと恵を見おろしてから、輝一が再び凜子に訊《き》く。

「凜子さんは、『NID』って知っている?」

「知りませんけど、調べましょうか?」

言っているうちにも、パソコンに文字を打ち込んだ凜子が、すぐに答えを見つけ出す。

「ありました。警察庁刑事局に属する広域調査室の名称です。数年前に設立されたばかりで、文字通り、日本全国を対象に、刑事事件以外にも、各所からの要請に応じて、さまざまな案件を独自調査できる特別捜査官が所属するって書いてあります。主に広域捜査になった事件の取りまとめ役として派遣されるようですけど、他にもネットの掲示板で呼びかけられた事件を捜査するなど、……まあ、昨今の多様化する犯罪に迅速に対応するための試験的な組織みたいですね」

「へえ」

そこで、恵に視線を移して、輝一が問う。

「だってよ、ひびのめぐみ。お前、兄貴の仕事のこと、知ってた?」

「まさか。——もちろん、名称くらいは知ってるけど、詳しくは。仕事のことは、家であまり話さないから」

「だろうなあ。お前、そういうとこ、トロそうだし」

一瞬、二人の会話についていけなかった凛子が、「兄貴？」とパソコンの前で首を傾《かし》げてから、「え？」と気づいて叫んだ。

「もしかして、メグちゃんのお兄さんって、警察庁の官僚なの⁉　しかも」

そこでもう一度パソコンの画面を覗《のぞ》き込み、「ＦＢＩ⁉——違う、ＮＩＤ⁉」と混乱している。

「嘘《うそ》、本当に？」

「ああ。俺、実際に会ったから保証するよ。——ただ、顔は驚くほど似てない」

正直な感想を述べた輝一が、確認する。

「お前らって、本当に血の繋《つな》がった兄弟？」

「そうだよ」

あまり兄のことで騒がれたくない恵が、そのまま口を「へ」の字にしていると、パソコンの前の凛子が、突如、唇の両端を釣り上げた。一種のアルカイックスマイルなのだろうが、眼鏡のせいもあってか、それは美しさを通り越し、なにか得体の知れない妖《あや》しいものを感じさせる微笑となる。

そのまま、彼女は親指を立てて言った。

「キイチさん、グッジョブ」

それから、デスクの上を片づけながら、独り言のように付け足す。

「さすが、社長。いい人材を釣り上げますねえ。先見の明があるというか、やっぱり、ただの我が儘なお坊ちゃんじゃないってことね。素晴らしい。きっと、アリサも大喜びだわ」

ぶつぶつと呟《つぶや》かれた言葉は、おそらく、全《すべ》て、はっきりと輝一にも聞こえていたはずだが、彼は表情を変えずに情報を付け足す。

「ちなみに、お兄ちゃんの名前は、『ひびのみのり』だってさ」

「『ジン』です！」

すかさず恵が訂正するが、誰も聞いちゃいない。

「まあ。『ひびのめぐみ』に『ひびのみのり』ですか。それはそれは、なんともおめでたい兄弟ですこと」

「だよな。——もっとも、性格は、メグちゃんほどには、兄貴のほうはめでたい感じじゃなかったけど」

輝一の声が、その一瞬、どこか好戦的なものになる。

気づいた凜子が、さらに面白そうな表情になって雇い主を見てから、鞄《かばん》を持ちあげた。

「じゃ、私、帰ります。あとよろしく」

「ああ。本社に寄るんだろう?」

「ええ。お疲れ様です」

「お疲れさん」

「お疲れ」

輝一と蓮城が、それぞれ片手をあげて送り出すのを見て、恵も、「あ、それなら」と彼女のあとに続こうとした。

「俺も帰――」

だが、最後まで言う前に、パーカーの襟首をグッと引っ張られたので、挨拶《あいさつ》は「グエッ」といううめき声に変わった。

そんな恵を上から覗き込み、輝一が冷淡に告げる。

「なに、甘えたことを言っている、ひびのめぐみ。お前の仕事は、これからだ」

「仕事?」

「ああ。資料の整理、まだ終わってないよな。――明日の朝までに終わらせろ」

高飛車に言いながら輝一が指さした先には、例の段ボールからはみ出した書類の山がある。

「うっそだろう。あれを、明日までに全部？」

「そう。この情報化の時代に、スピードは命。頑張れ、ルーキー」

6

結局、事務所に泊り込んでの徹夜作業となった翌日。

五月晴れの空の下、輝一が運転するアストンマーチンで、恵は新たに情報提供者として名乗りあげた人物に会いに行った。


「呪い水」で、人を呪いました。


「はるえ」と名乗ったその人物は、サイトにそう書き込んできた。その文面からして、どうやら作り話ではなく、本当に「呪い水」に関わったらしい。

待ち合わせの場所に指定されたのは、王子にある昔ながらの喫茶店で、木製のドア

を開けると、薄暗い店内からコーヒーの香りが漂い出てきた。そこで彼らを待ってい
たのは、ひどくやつれた女性で、ぼさぼさの長い髪が顔の半分を覆《おお》っている。
五十歳手前くらいか。
彼女は、名刺を差し出した輝一と恵に対し、小さく「山下《やました》春江です」と名乗った。
静かな店内に、その声は響くことなく消えていく。
注文したコーヒーが運ばれてくる間、虚《うつ》ろな表情でいた彼女は、湯気の立つカップ
を前にして唐突に言った。
「私、人を殺してしまったかもしれません――」
人を。
殺した？
あまりに非日常的な告白を耳にした恵は、動きを止めて輝一を見た。
輝一も、一応驚いたようだが、椅子《いす》の背に身体《からだ》を預けたまま、相変わらずつまらな
そうに確認する。
「『かもしれない』ということは、相手が死んだかどうか、まだはっきりしていない
ってことですか？」
「いいえ」

緩慢に首を横に振った春江が、否定する。

「死にました。新聞に出ていたので、死亡したことは分かっているんです」

恵がゴクリと唾《つば》を飲む前で、二人の問答は続いた。

「でも、新聞で読むまで知らなかったということは、山下さんは、相手の死亡現場には居合わせていないはずです」

「ええ。居合わせていません」

テーブルの上に置いた彼女の手は、先ほどからずっと祈るようにギュッと組み合わされている。春江もまた、昨日会った林ひとみのように、誰かの死に責任を感じているだけなのか。

メモを取りながら、恵は彼女の様子を観察する。

輝一が、尋ねた。

「それなら、何故《なぜ》、貴女《あなた》はその人を殺したと思うんです？ 車で轢《ひ》いた相手を置き去りにしたとか、そういう話でもないんでしょう？」

「違います」

首を振りながら否定し、彼女は重い溜息《ためいき》をつく。そのまま、しばらく沈黙していたが、ややあって、ポツリと言った。

「『呪い水』です」

「ああ」

　輝一が、合点がいったように相槌《あいづち》を打つ。

「確かに、その件で我々は連絡を受けたわけですが、山下さんは、その『呪い水』が相手の死に関係していると、本気で考えているんですか？」

「ええ。間違いなく、私の作った『呪い水』のせいで、彼は呪い殺されたんです」

「何故？　そうだと？」

「それは――」

　一瞬口ごもった春江が、苦しげに続ける。

「私が『呪い水』をかけてから半年もしないうちに、その人は不運な事故で亡《な》くなられたから」

「『呪い水』をかけた？」

「ええ。H大学の近くに、広い通りに面したコーヒーショップがあるんですけど、そこで数ヶ月前、偶然を装《よそお》って、そいつに『呪い水』をかけてやったんです。そうすることで、『呪い水』に移し取られた私の恨みが、相手の人生を壊すと教えられたから」

　そこで、メモする手を止めた恵が、輝一と顔を見合わせる。

「――まさか、亡くなった人って、H大理学部の学生じゃないですよね?」

「多分、その人です。……ちょっと前の新聞に出ていたでしょう。ネットで購入した薬を飲んで亡くなった人。峰岸健一っていうんですけど」

峰岸健一。

これは、なんの因果であるのか。

「ほお」

輝一が初めて食指を動かされたように身を乗り出し、「ちょっと待ってください」と一旦《いったん》話を押しとどめると、胸ポケットを探り、銀色のスティックのようなものを取り出してテーブルの上に置く。

「できれば、話を録音したいんですが、いいですか?」

「それは……」

春江は、どこかたじろいだ様子で録音機を見おろした。やはり、殺人の告白をするのに録音というのは脅威であるのだろう。

輝一が念を押す。

「もちろん、絶対に他言はしません。秘密厳守は、たとえ国家警察相手であろうと徹底しますよ」

それでも、なおしばらく逡巡《しゅんじゅん》していた彼女が、何度目かの説得で、ようやく小さく頷《うなず》いた。

輝一が、録音機のスイッチを押す。

カチッと。

録音中であることを知らせる小さな赤い光が、点灯した。

「では、と」

椅子の上で居ずまいを正した輝一が、仕切りなおすように言う。

「最初から聞かせてください」

「……最初から?」

「ええ。まず、そうだな、『呪い水』との出会いから」

「出会い――」

そこで、窓の外を見つめた春江が、「出会いは……」と遠くを見るような目で経緯を語り始めた。

「友人の勧めでした。彼女、もともと会社の同僚で、十歳年下の人と結婚して、関西のほうに移ったんですけど、相手がマザコンのひどいDV男だと分かって、半年もしないうちに実家に逃げ帰ったんです。そうしたら、そのDV男が実家に押し入って、彼女の母親を殺害してしまった」

「ひでっ」

思わずもれた恵の感想に、春江が小さく頷いて、続ける。

「当時は、新聞で大きく取り上げられましたよ。ニュースにもなったし」

だが、当事者の生活を破壊する事件も、日々変化する世情からすれば、あくまでも通過点の一つに過ぎない。事実、恵だって、毎朝新聞を読んでいても、彼女の話した事件がどれであるか、類似する事件報道と区別するのは不可能だった。

人の一生とはなんなのか。

「彼女、そのことで自分を責めて、その前から、旦那《だんな》のDVのせいでずっと精神的に不安定になっていたんですけど、その事件のあと、強迫神経症やパニック障害なんかを併発しちゃって、もう、いつ自殺してもおかしくないようなところまでいってしまいました。――幸い、その後の治療で、なんとか回復して、今は、ある程度普通の生活が送れるようになったんですけど」

小説やドラマの中でしか聞かないような話が、身近な人間のこととして語られていることに、恵は驚きを隠せずに聞き入る。パソコンでメモを取る手元がおろそかになっていることにも、気づいていない。

「彼女とは」

春江が続ける。

「そんな話ばかりしていました。……私のほうでも、精神科の医者に世話になることがあったから」

「精神科？」

「ええ」

小さく頷いてから、彼女は告白する。

「私、子どもがいたんです」

過去形で語られたことに、恵が眉《まゆ》をひそめて聞き返す。

「亡くなったんですか？」

「一年前に。社会人でした」

「事故か何かで？」

「自殺、……になるんだと思います」

ふいに、口元に毒々しい笑みを浮かべた彼女が、コーヒーカップに手を伸ばして中身を飲んだ。その手が震えている。カチャカチャいわせながらカップを戻した彼女が、先を続けた。

「若い時に結婚して生まれた子どもでしたが、その後、夫とはすぐに離婚し、女手一つで育てました。大学まで行かせて、本人も必死で努力して、なんとか就職が決まったまではよかったのですが、一年目からパワハラに遭っていたみたいで、次第にやつれていきました。私は、会社がつらいなら辞めていいといったのですけど、大丈夫だって言い張って辞めませんでした。私に気を遣っていたんです。実際、息子が生活費を入れてくれるようになって、私も随分と楽になりましたから……。ただ、あの時、あの子は、すでに地獄に落ちていたんです」

「地獄に？」

「というと？」

恵が繰り返した声に、輝一の声が重なる。

春江が空のカップに口をつけてから、それを戻し、さらに水のコップに手を伸ばすのを見て、気をまわした恵が、「何か、頼みますか？」と尋ねた。

「ええ。できたら、コーヒーをもう一杯」

そこで、恵がウエイターにコーヒーを注文し、それが運ばれてくる間、彼らは沈黙のうちに過ごした。

やがて、湯気の立つコーヒーカップの向こうで、彼女が話し始める。

「あの子、鬱《うつ》になりかけていて、私に内緒でメンタルクリニックに通っていたんです。あとで分かったことですが、そこは、薬を大量に出すので有名なところで、息子も、通ううちにどんどん薬の量が増やされていったみたいです。当然、副作用に悩まされるようになって、結局、会社も辞めざるを得なくなりました。ただ、その時には、すぐに薬を中断するのは難しいところまでいってしまっていたし、医者を変えるように言っても、担当医から『変えたところで状況は変わらないし、ここらの医者はみんな顔見知りだよ』と脅されていたようで、変えたくても変えられないし、そもそも、そんなまっとうな判断ができるような状態ではなくなっていたんです。それなのに、私は、生活のことで手一杯で、どうしたらいいか分からないまま、時間だけが過ぎていく感じでした。治療費や薬代が家計を圧迫するようになっていたし、私の給料もさがっていたから、とにかく必死で……。でも、なによりつらかったのは、あれほど優しくて頑張り屋だったあの子が、感情のセーブがきかなくなって、私に暴力を振るったり、生きることに投げやりになってしまって――」

その頃のことを思い出したのか、震える手でコーヒーカップを抱えこみ、彼女は口をつけることなく、じっとしていた。

輝一も、この時ばかりは続きを促さず、黙って相手がしゃべり出すのを待つ。

ややあって、彼女は言った。

「結局、一日、三十錠ほどの薬を処方されていた息子は、ある日、病院から帰ってすぐ、もらってきた薬を全部飲んで亡くなりました」

いわゆる、多剤服用だ。

死の重みが、薄暗い喫茶店のテーブルの上に影を落とす。

誰も動かず、彼らは、春江の話を考える。出口のない迷路にはまり込んだ気分だった。

「信じられます？　助けを求めて医者にいった挙句、処方された薬のせいで、精神錯乱を起こして自殺するなんて――。ある意味、あの子は、自分の意志とは関係なしに、薬漬けになって死んだんです。……可哀そうに。私は、自分を恨みました。何故、もっと早くに気づいてやれなかったのか！」

一度言葉を切った春江が、声のトーンを落として続ける。

「私の怒りは、当然、医者にも向けられました。それで、その医者を訴えることにしたんですが、息子の死と治療を結びつけることは案外難しく、結局、法的に裁くことはできませんでした。そのことが、一層、私の中の怒りに火を付け、あの男――院長の峰岸一郎《いちろう》を殺したいほど恨みました」

　そこで、輝一が久々に口を挟んだ。

「峰岸って、もしかして？」

「そうです。私が呪い殺した峰岸健一は、峰岸一郎の息子です」

　輝一が大きく息を吐いて、頭の後ろで手を組んだ。

「……何故、本人ではなく、息子を？」

「もちろん、私と同じ苦しみを味わわせるためです。子どもが苦しんでいるのを見ていなければならない親の気持ちを、あいつにも味わわせたかった――」

「なるほど」

　ようやく納得がいったように、輝一が頷く。

「それで、『呪い水』が登場するわけか」

「ええ。最初に言ったように、それは友人の勧めでした。峰岸に対する怒りで、気がおかしくなりかけていた私に、彼女が、ある施設を紹介してくれたんです。彼女も、母親を殺した元夫のことが許せなくて、恨んで、恨んで、恨み続けるしかないことに絶望した時、そこにたどり着いたらしく、『呪い水』に救われたということでした。それで、私も、藁《わら》にもすがる思いで、行ったんです」

「ちなみに、その方の元夫――マザコンのＤＶ男も、亡くなったんですか？」

「いえ」

そこで、わずかに動揺をみせ、彼女は否定する。

「生きています。でも、彼女が言うには、普通の水に彼女の恨みを移して作る『呪い水』を流すことで、精神的に楽になったと。あれは、救いなんだ——って」

「だけど、貴女は流さずに、それを相手にかけた。——何故です？」

「そのほうが、より効果があると言われました」

「へえ」

興味深そうに受けた輝一が、目を光らせて「それで」と続ける。

「貴女は救われた？」

彼女は、コーヒーの黒い表面をじっと見つめたまま、答えなかった。答えないことで、彼女の答えは推測できた。

輝一たちが黙っていると、彼女は独り言のように呟いた。

「私と同じ目に遭えばいいと思っていた。病人を踏み台にして、あの男のクリニックはどんどん大きくなってきたんです。しかも、世の学生たちが大勢就職難であえいでいる中、あそこの息子は、親のクリニックを手伝うことになっていて、暢気《のんき》なものですよ。学生の身分で高級車を乗り回して、彼女もとっかえひっかえだそうです。……

だから、ほんの少しでいいから、私と同じ苦しみを味わわせたいと、心の底から願っていました」

そこで顔をあげ、遠くを見るような目をした彼女は、「ただ」と付け足した。

「私は、峰岸一郎のことなんか、きれいさっぱり忘れたかったのに、彼の息子を呪い殺したせいで、逆に、一生忘れられなくなりそうで」

罪悪感――。

人を呪い殺したと思い込むことで、彼女は、これからも罪悪感に悩まされ続けるのだろう。

実際に、仲介者として峰岸健一の死に関わってしまった林ひとみは、すべては「呪い水」のせいであって欲しいと願い、峰岸健一の死とは無関係のはずの山下春江は、それが「呪い水」のせいかもしれないと苦しんでいる。

だが、本当に呪いなどで、人が死ぬものなのか。

輝一が問う。

「でも、山下さんがかけたのは、あくまでも水ですよね？　薬品とかではなく？」

「ええ。先生は、純粋な水だとおっしゃいました。――ただし、『水は、記憶する物質だ』って」

「記憶する?」

「そうです。水は記憶する物質なので、私の恨みを移し取った水は、それに触れた人間に影響を及ぼすのだ、と」

「水は記憶する物質、ねえ……」

感慨深げに呟《つぶや》いた輝一が、質問を重ねる。

「確認までにお聞きしますが、水をかけた以外に、なにか峰岸健一に対してやっていませんか?」

「なにかって?」

「例えば、知り合いに頼んで、脅迫電話をするとか」

「まさか!」

心外だと言わんばかりに首を振った春江が、もう一度、はっきり否定する。

「そんなことは、してません」

「そうですか」

本当にただの確認だったらしく、あっさり引き下がった輝一が、「では」と話を締めくくる。

「最後にもう一つだけ。その施設というのは?」

「杉並にある『三野バイオポテンシャル研究所』です」

途端、恵が顔をあげ、「あ」と小さく呟いた。

7

彼らが戻ると、編集部は人けがなく、暗かった。

そこで、恵は、今日が土曜日であったことを思い出す。

行きがけは、午前中だったこともあって気にならなかったが、午後のこの時間にこの場所が暗いのには、ちょっとドキリとさせられる。なんとなくではあるが、ここでのお茶会は、いつでも開かれているイメージがある。それが存在しないと、もはや物語が成立しない感すらあった。

「アリサさんたち、来てないんですね」

恵が残念そうに呟くと、輝一からは「当たり前だ」とけんもほろろな答えが返る。

「土日までこき使うほど、うちは、悪逆無道じゃない」

じゃあ、今現在、働かされている自分はなんなんだと思うが、恵はじっと耐え、代わりに、少々ファンタスティックな想像を巡らせる。

三月ウサギとおかしな帽子屋は、森でお茶会をしてない時、いったいなにをして過ごすのだろう。

茶葉を摘む。

クッキーを焼く。

帽子の埃《ほこり》を取ったり、眠りネズミをつまみ出したり。

想像の世界は果てしない。

そんな恵に向かって、輝一がスティック状の録音装置を投げて寄越し、一言告げた。

「それ、今日中におこして」

空中でキャッチした恵は、意味不明の言葉に首を傾《かし》げる。

「おこす?」

「そう。テープおこし。要は、内容を文書化しろって言ってんの」

「ああ」

ひとまず納得するが、すぐに「ええ〜?」と悲鳴をあげた。

「もしかして、まだ働かせる気か?」

さすがに文句を言うが、返事は「ああ」とにべもない。

「なんでだよ。さっきは、土日まで働かせるほど悪逆無道じゃないって――」

「そりゃ、あの人たちは平日にあくせく働いているからな。でも、お前はバイトで、平日の半分は学校だろう？　だったら、土日も働け。それでこそ、ひびのめぐみ、だ」

「なんだよ、それ」

筋が通っているような、通っていないような。たぶん、まったく通っていないのだろうが、恵は、渋々仕事に取りかかる。

それから一時間近く。

社長席で机に足を投げ出し、CNNニュースを見ている輝一を背にしてイヤホンをつけた恵は、パソコンに向かい、ひたすら山下春江の言葉を聞く。

聞きながら考えた。

本当に、峰岸健一は、彼女の呪《のろ》いのせいで死んだのだろうか。

（いや）

直接の原因は、別にある。大本の殺意はともかく、市場に出まわっている毒入りの薬を運悪く飲んでしまったがために死んだわけで、それは決して山下春江のせいではない。

問題は、その「運の悪さ」であろう。

彼の不運が、「呪い水」のせいだなどと、どうやって証明できるのか。——たぶん、できない。

それなのに、彼女は、この先ずっと、憎い男のことを忘れられずに生きるのかと思うと、人を呪うってどういうことなのかと、改めて考えてしまう。

機械的にキーボードを打つ恵の耳に、最後の問答が流れ込む。

——その施設というのは？

——「三野バイオポテンシャル研究所」です。

（ああ、そういえば……）

最後まで聞き終えた恵は、開いていたパソコンをインターネットに接続して、お気に入りに登録しておいた「三野バイオポテンシャル研究所」のホームページをクリックした。

以前、気になって連絡を取ったが、肝心の相手が出張中だった会社だ。

それっきりになっていたが、もう一度、ホームページをじっくりと閲覧してみる。

正式名称は、「株式会社三野バイオポテンシャル研究所」で、代表者が、名古屋に出張中の三野正彦だ。

（株式会社なんだ）

てっきりどこかの研究所か、医療機関かと思っていた。

三野正彦については、略歴が掲載されている。

N大理学部卒業。T大の大学院で博士課程に進み、その後つくばにある生物化学研究所の研究員となる。

そこを辞めたのが五年前で、「株式会社三野バイオポテンシャル研究所」を設立。

関西に拠点を置く「株式会社ITeD（電気通信技術開発研究所）」の提携研究先になっている。

ただし、会社の沿革や理念など、いくつかのタブをクリックしてみたが、どこにも「呪い水」についての記述はない。

（どういうことだろう？）

考えていると、鼻先をコーヒーの香りがかすめ、顔の脇《わき》からヌッと腕が伸びてきた。

ガタンッと。

椅子《いす》の上で飛び上がって驚いた恵に、いつの間に現われたのか、コーヒーカップを持った蓮城が苦笑して言う。

「悪い。別に、驚かすつもりはなかったんだけど。淹《い》れたついでに、君たちの分もと思って」

背後を振り返れば、すでに輝一は、美味《うま》そうにコーヒーをすすっている。

「あ、すみません。……えっと、イタダキマス」

蓮城は、イタリア土産らしい銀紙に包まれたチョコレートも持っていて、恵の机の上にバラバラと置いてくれた。それを一つ摘《つま》み上げながら、恵が訊《き》く。

「万聖さん、いたんですね。土曜日も出勤ですか？」

万聖の顎《あご》にはうっすらとヒゲがある。ほとんど寝てない様子だ。ただ、飄々《ひょうひょう》とした出《い》で立《た》ちのせいか、どこか退廃的な雰囲気もそれなりに似合う男である。

「出勤というか、ここの二階に間借りしているんだ。自宅は別にあるけど、仕事にかかりっきりの時は、こっちの方が便利なんで。――それより」

両手にカップを抱えたまま、彼はパソコンを覗《のぞ》き込んでくる。

「君こそ、随分と熱心に読んでいたけど、なにか面白い情報でも見つけたのかい？」

「面白いというか、前からチェックしていた会社のことを、今日会った女性が言っていたので、それが気になって」

すると、社長席で顔をあげた輝一が、「そういえば」と口をはさむ。

「お前、さっき、『あ』って呟いただろう。あれはなんだよ？」

「だから、今、それを調べてんの！」

蓮城に敬語を使う分、輝一への応対は、どんどんぞんざいになっていく。別に、意識してやっているわけでなく、その存在感に対する自然な分け隔てだ。

輝一がムッとしたように顔をしかめている間に、恵は、パソコンで作成した文書を印刷して渡す。

「ほら、これが山下春江とのやり取り。——あ、万聖さんも、見ますか？」

「うん」

そこで、もう一枚印刷して蓮城に渡し、さらに「三野バイオポテンシャル研究所」のホームページも印刷する。

「それ、山下春江が『呪い水』を作ったという施設だけど」

「ああ、連絡は取れたのか？」

「前に電話したら、現在出張中って言われたんで、週明けに、もう一度電話してみる」

「ふうん。『三野バイオなんとか研究所』だっけ？」

あやふやなことを言いながら受け取った輝一に対し、「三野？」と繰り返した蓮城が、先にホームページのプリントアウトに注意を向けた。

「ああ。やっぱり、三野正彦か。……『バイオポテンシャル研究所』」

輝一が、意外そうに蓮城を見た。

「知っているのか、万聖？」

「ええ。何年か前に、取材のためにシンポジウムに紛れ込んだことがあるんですよ」

「シンポジウムって、なんの？」

「『プラシーボ』……」

答えながら、蓮城は研究所の概要に目を通す。

「それほど詳しいわけじゃありませんが、三野正彦は、もともと脳生化学の研究者で、主に精神疾患における脳内伝達物質の抑制を研究していたはずです。以前から『プラシーボ効果』にかなり期待を寄せていた印象があるんですが、なかなか難しい分野だから……。僕も興味があって、当時から取材していて、今回のイタリアも、その延長のようなものなんですが、まあ、それはともかく、三野は、当時、つくばにある生物化学研究所の生化学センターにいたはずなのに……、そうか、辞めていたんですね。

——何故《なぜ》だろう」

「その『バイオなんとか研究所』を始めるために、辞めたんじゃないのか？」

輝一が指摘するが、蓮城はあまり納得していない。

「でも、つくばの生物化学研究所は、その分野では世界屈指の研究所だし、彼は期待の若手研究者だったんです。それなのに、独立して研究所ね。バイオポテンシャルか。バイオポテンシャル、バイオポテンシャル……」

そこで、蓮城が考え込むように黙り込んだので、恵が慌《あわ》てて訊く。

「あの、さっきから言っている『プラシーボ』って、なんですか？」

チラッと恵を見た蓮城が、思考を続けているような表情で、機械的に答える。

「偽薬っていえば、分かる？」

恵は、「えっと」と受けてこめかみに指先を当てる。ここは、格好良く「分かりますと言いたかったが、実際は分からないし、分からないまま話を進めても、恥をかくのは自分なので、結局、素直に「いいえ」と認めた。

「すみません、分かりません」

「無知無能。役立たず」

輝一が、社長席から茶々を入れた。

（うるさいなあ）

そういう自分はどうなんだ、と疑いの目でジロッと輝一を睨《にら》む恵に対し、蓮城が説明を続ける。

「まあ、要するに、一種の暗示と考えてくれたらいい。薬の効用は人間の意識に左右されるという理論で、鎮痛剤の代わりに、鎮痛剤と偽ってビタミン剤を投与されても、患者は苦痛が和らいだように感じることがある。実際、本当に苦痛を感じなくなったという症例もあって、意識がなんらかの脳内作用を起こして、痛みの伝達経路を遮断したせいだと考えられているんだ」

「へえ」

興味を覚えた恵が、身近な例をあげてみる。

「高校時代、バスケ部の友人が、試合前にお腹《なか》が痛くなると、正露丸の匂いを嗅《か》いでいたんですけど、それも『プラシーボ』の一種ですか？」

蓮城が、意外そうに恵を見る。

「本当に、嗅ぐだけなんだ？」

「はい。実際、神経性のものだったみたいだし」

「それは、なかなか面白い実例だね。ただ、プラシーボの実験は被験者の主観に頼らざるを得ないため、データの正確さが問題視されていて、いまだ、証明できていないというのが研究者たちの大方の意見なんだよ」

「でも、下手に副作用のある薬を飲むより、ずっといい気もしますけど」

「それは、時と場合による」

厳しい口調で言い切った蓮城が、すぐに口調を和らげて続けた。

「まあ、それはともかく、『水は記憶する物質』ねえ」

いつの間にか、山下春江との対話記録まで目を通していたらしい蓮城が、感慨深げに言ったので、輝一が首を傾げて問いかける。

「なんか、思い当たることでもあるのか?」

「あるといえばありますが、うろ覚えですから」

そこで、「ちょっといいかな」と恵に対して断った蓮城が、彼が開いていたパソコンに手を伸ばして、検索ワードを打ち込んだ。何度かカチカチとカーソルを動かして、サイトを巡ったあと、ようやく目的の記事を見つけ出したらしく、身体《からだ》を引いて言う。

「あった。これだ」

恵が画面を覗き込むと、なにやら難しそうなことがたくさん書いてあった。

なんとなく読む気にはならず、眉根を寄せて首をかしげていると、横柄《おうへい》にも席を立つ気配すらない輝一のために、蓮城が解説してくれる。

「一九八〇年代に、フランスの国立衛生医学研究所で、ある実験が行なわれたんです。

ノーベル賞候補にもあがったことのある著名な研究者によるその実験結果は、世界中を揺るがすことになります。同時に、その研究者を、それまでの栄誉ある地位から引きずり落とす結果ももたらしましたが、のちに『水の記憶事件』と新聞に書きたてられたそれは、ある物質の溶液を希釈し続け、すでに元の物質の分子が存在し得なくなった水を、ある別の物質の溶液に落とすと、元の溶液が、その別の溶液の働きを阻害するのと同じ効果が現われたというものでした」

「それって、どういうことだ？」

片方の眉《まゆ》を動かし、理解不能という表情をした輝一に、蓮城が分かりやすく言い直す。

「つまり、簡単に言ってしまえば、水は、一度物質を溶かし込むと、その分子がなくなるまで薄めた後も、その働きを記憶しているってことです。その証明は、昔からヨーロッパで盛んに行なわれている代替医療に携わる人々から絶大な支持を得た反面、科学者たちからは総スカンをくらい、その研究者は失意のうちに亡《な》くなりました。このサイトの記事によると、その時、その研究者の研究室が受け入れていた学生の中に、のちに生物化学研究所の教授になる日本人がいたようで、三野正彦は、その教授の教え子に当たるみたいですね。もちろん、彼らは、そのフランスの研究者の意志を受け継ぐなどという愚かな冒険には出ず、将来性のありそうな研究に転向したとはいえ、もしかしたら、当時の実験データを、密《ひそ》かに受け継いでいるのかもしれません」

「だが、研究結果はともかく、それだって、あくまでも希釈した溶液であって、元はなんらかの分子が存在していたわけだろう?」

輝一が、疑わしげな顔で反論し、さらに言う。

「それに対し、『呪い水』は、ただの水だ」

「そうですね」

あっさり認めた蓮城が、推測する。

「別に、普通の水でいいんですよ。昨日、少し資料を見させてもらいましたが、どうやら『呪い水』というのは、もともと精神療法の一環として使われていたみたいですから、それらしい理論で相手を納得させられたら、それで十分なんでしょう。結果、患者を苦しめている負の感情を水に移し取ってしまうという暗示で、前向きな考え方に誘導できるという仕組みです。これも、プラシーボの一種と考えていいでしょう」

「だけど、それなら、山下春江は――」

恵が言いかけたが、その時、輝一の携帯電話が着信音を響かせたため、話が途中になってしまう。

発信者を確認した輝一が、電話口で挨拶する。

「凛子さん？　土曜出勤してんだ。お疲れ。――なに、興奮してんの？　――へえ、来たのか。さすがに行動が早いな。で、なんだって？　――はは、似てないだろう？」

何の話をしているのか。電話しながら、チラッと恵を見た輝一が、企《たくら》みのありそうな顔で会話を続ける。

「ああ、いいよ。――うん、仕方ないって。お上には逆らえない。――いやいや、俺だって、一応相手を見てケンカするって。――ああ。うん。分かった。じゃあ」

通話を終えた輝一を見ながら、恵は嫌な予感がした。そして、それは、輝一の次の言葉で、現実となる。

「本社に、ＮＩＤの特別捜査官が来たそうだ。で、俺たちに会うために、今からこっちに来るってさ。そいつ、お前のケータイに何度か連絡をいれたらしいぞ、ひびのめぐみ」

「えっ？」

慌てて携帯電話を取り出した恵は、山下春江と会う前に電源を切ったのをすっかり忘れていたことに気づき、急いで電源を入れた。復活した携帯電話には三件もメッセージが入っていて、もちろん、すべて兄の稔からだった。

「やばっ」

焦《あせ》る恵の横で、蓮城が輝一に言う。

「ということは、僕も、NIDの特別捜査官に会えるわけですね。楽しみだな～」

「でも、そうそう楽しみって面《つら》じゃないぜ」

（悪かったね、和製版フランケンシュタインで）

自分のことではないが、身内として恵は心の中で突っ込む。

だが、それ以上に兄の来訪が恐《こわ》くて、元気が出ない。留守録の声からして、稔がとても怒っているのが分かったからだ。

（フランケンシュタインというより、南大門の仁王像が来る感じ……）

それをリアルに想像した恵は、げんなりして冷めかけたコーヒーをすすった。

第四章 ✢ 不可知の領域

NOZOMI SEIKE

1

月曜日の午後。

大学の帰りに編集部に寄ると、ドアを開けたとたん、甘い香りが漂った。温めたスコーンの匂《にお》いだったようで、今日のお茶会は、スコーン祭りだ。

（やっぱ、こうでなくっちゃ）

恵は、浮かれ気分で思う。ただ、こうなってくると、机に向かって仕事をする諸星アリサに会うことは、永遠にないかもしれない。

「おざーっす」

恵が挨拶《あいさつ》しながら机に向かうと、ハーマンミラーの椅子《いす》にゆったりと座り、自分の原稿をチェックしていた蓮城が、顔をあげて訊《き》いた。

「やあ、補導少年。土曜日は大丈夫だった？」

口調にからかいの色があるのは、気のせいではないだろう。

「ああ、はい、大丈夫です。すみませんでした。ご迷惑をおかけして」

「別に、迷惑はこうむっていないけど――」

そこで雄弁な間を取ってから、蓮城が続ける。

「けっこう、過保護なお兄さんだね」

言われると思ったが、できれば言われたくなかった。だが、あの状況では言われても仕方ない。恵にしてみれば、特に稔が過保護というのではなく、ただちょっと、人には言いにくい家庭事情があるというだけなのだが、他人はそうは見てくれない。

土曜日の夕方。

宣言通り、編集部にやってきた兄の稔は、公僕として、それなりの態度で輝一に事情聴取をしたあと、一人の人間の顔に戻って言った。

「それはそうと、これを連れて帰りたいんですが、構いませんよね？」

「これ」というのは、もちろん襟首をつかんでいる恵のことだ。

長兄の秘めた怒りが伝わってきたので、できれば帰して欲しくなかったが、輝一は肩をすくめて、「どーぞ」とあっさり応じた。

「うちとしては、残業を強制した覚えはありませんから」

（嘘《うそ》つき～）

恵の心の叫びは誰の耳にも届いていないが、恨めしげに見つめた先で、輝一が鼻で笑ったので、気持ちはしっかり通じたのだろう。

（こいつ、この状況を楽しんでやがる）

やっぱり「万木輝一は、悪逆無道だ」と悔しがる恵を公用車に乗せて帰る途中、稔がえんえん説教した。

もちろん、二十歳《はたち》になった弟が外泊しようがなにしようが、そのことはどうでもいいのだが、ただ、メール一本で家に帰ってこないと、母親が眠れない夜を過ごすことになるというので、怒っていたのだ。

父親の失踪《しっそう》以来、軽い神経症になっている母親は、家族が短い書置き一つで、突然いなくなってしまう恐怖と戦っている。

「いつも言っているだろう、恵。外泊する時は、きちんと電話でおふくろと話せ。誰となんで外泊するのか、理由もきちんと。一応、お前も大人だから、たとえ、女とホテルに行くと言っても、正直に言ってくれさえすれば、誰も咎《とが》めない」

親が子どもを叱《しか》るように言われたが、恵は、反抗するでもなく、「ごめん」と素直に謝った。自分が悪かったと、自覚しているからだ。

その時のことを思い返しながら、恵が言い訳を口にする。

「なんというか、うち、ちょっと複雑な事情があって」

「へえ。——ま、別に追及する気はないよ。ただ、お兄さん、けっこう強烈だなと思っただけで。顔、全然似てないし」

「でも、ほんとーに、血は繋《つな》がってますよ」

「うん。別に疑ってないから」

そこで、凛子が大きく手を振って声をかけてくる。

「聞いたわよ〜、メグちゃん。あのあと、例の警察庁のお兄様に連行されたんですってねえ。その現場、私も見たかったなあ。迫力ある方だものね。今、アリサにその話をしてたの。しかも、キイチさんが、拉致《らち》監禁容疑で逮捕されて、今、留置所にいるとかって」

「いませんよ！」

どこで、そんな話になったのか。

蓮城を見ると、原稿を読む口元が微妙に歪《ゆが》んでいる。どうやら、いい大人のくせして、話を面白おかしく膨らませるのが、好きらしい。輝一の姿がないのが、その噂《うわさ》に拍車をかけているのだろう。

そこで、恵が尋ねる。

「そういえば、あいつは？」

「キイチくんなら、珍しく朝から取材に出ているよ。相変わらず、三野正彦は出張中だから、先に外堀を固めてくるってさ。ま、行き先がつくばだから、珍しく張り切っていたんだろうけど。ついでに、宇宙航空研究開発機構の見学施設でロケットを見てくるっていってたし」

「ふうん。ロケットねえ」

恵は、なんとなく置いてきぼりを食らったような淋《さび》しさを覚えて椅子に座った。机の上には、仕分けの終わっていない書類が積まれている。それをピラッと一枚手に取りながら、万木輝一について、兄と交わした会話を思い出す。

「それにしても、お前、大丈夫か？　なんか、あの男、傲岸《ごうがん》不遜《ふそん》を型に嵌《は》めたような面をしていたが」

輝一のことを言っているのが分かった恵は、理不尽に思いつつ、「そんなことないよ」と庇《かば》った。仕事もだんだん面白くなってきているし、一風変わった人間が揃《そろ》っているとはいえ、嫌な人間関係ではない。

これで、「辞めろ」といわれるほうが、嫌だった。

「ああ見えて、けっこう大きい会社の社長だし。――本社は、高輪にあって」

「知ってるよ。そっちから来たんだ。それに、万木一族の直系長子であれば、社会的地位は生まれながらにあるだろうよ。ただ、そうじゃなく、俺が言っているのは、性格的な問題だよ。世のお坊ちゃんが、全員、性格がいいとは限らないからな」

恵も、決して輝一の性格がいいとは思わなかったが、それ以前に気になる発言があったので、訊き返す。

「万木一族？」

「ああ。メディア王と呼ばれている万木輝元《てるもと》の孫だよ。万木輝元は、お前も知っているな？　東亜テレビ、東亜新聞、他にラジオ局や出版社を傘下《さんか》に持つ東亜グループの現会長だ。最近は電子出版やオンラインゲーム業界にも参入していて、お前が雇われている『株式会社万一夜』も、そのうちの一つに数えられる。——ま、次世代の首領としての腕試しなんだろうが」

「東亜グループ……」

それを聞いて、恵は納得がいった。

多少古めかしいとはいえ、南青山の一等地に構える自宅兼事務所も、三千万円はするといわれるアストンマーチンを乗り回していることも。同じ二十代の青年でも、輝一と恵では住む世界が違うのだ。

そして、そうと分かった途端、恵は輝一に対する気持ちが寛大になった。

同じ土俵で比べてしまうと、焦《あせ》りや羨望《せんぼう》が入り混じって、なかなか素直に相手を見ることができないが、元々住む世界が違うとなれば、そもそも比べる必要がない。ただ、異人種を見るつもりで、付き合えばいい。

（それにしても、お坊ちゃんはお坊ちゃんでも、あいつの場合、とんでもないお坊ちゃんだったんだな）

現実に戻り、目の前の書類を次々と仕分けしながら、恵が考えていると――。

「あの……」

背後で声がしたので、振り返る。

そこに、運命が待っていた。

カラン、コロンと、どこかで出会いの鐘が鳴り響く。

（この子――！）

恵が、驚いたのも無理はない。

そこに立っていたのは、以前、恵が大学の近くのコーヒーショップで「超絶カワイイ！」と評した、F女学院の制服を着た女の子だったからだ。

柔らかそうな茶色の髪に、ぱっちりと大きな目。そのくせ、どこか憂《うれ》いを帯びているのが、男心をそそる。

驚きのあまり、恵が口もきけずにいると、女の子は眉《まゆ》をひそめて告げた。

「えっと、すみません。どこにも呼び鈴がないし、受付に誰もいなかったから、誰かいないかと思って……」

それでも恵が口をつぐんだまま見惚《みと》れていると、気づいた蓮城が、自分の席から呼びかけた。

「君、誰？」

「あ、私、清家希美といいます。こちらのサイトにメールで『呪《のろ》い水』のことを問い合わせたら、ここの住所を教えられて……」

「ああ、そう」

どこか迷惑そうに受けた蓮城が、凜子を呼ぶ。

「凜子さ～ん、どっかのバカが、赤の他人にここの住所を教えたらしい」

すると、慌《あわ》てて飛んできた凜子が、「すみません」と謝る。

「本社のほうに二人ほど新人を入れたので、間違えたんでしょう。もう一度、徹底させます」

「そうだね」

冷静に返してから、希美を見て問う。

「それで、『呪い水』が、どうしました？」

こんな美少女を相手にしているのに、椅子を勧めるでもなく、お茶を出すでもない態度に慌て、恵が自分の席を空けてやる。

考えてみれば、唯一《ゆいいつ》の応接セットでは、日々ワンダーランドのお茶会が開かれているので、この編集部には、急な客人を接待する場所がない。

改めて、「これで大丈夫なのか？」と思っていると、凜子が、お茶会用のお茶を運んできて、「間違っても粗茶じゃないので、どうぞ」と言って、希美の前にカップを置いた。ウェッジウッドとかロイヤルコペンハーゲンとか、そんな有名な陶磁器のティーセットのようだし、「粗茶じゃない」と明言していたので、茶葉も有名なところのものなのだろう。

だが、本当に飲んでも大丈夫だろうか。

飲んだとたん、背が大きくなったり、小さくなったりするんじゃないかと、一抹の不安を覚えながら恵が見守る前で、彼女はお礼を言って、出されたお茶に口をつけた。

幸い、清家希美は大きくも小さくもならなかった。

それよりも、相変わらず堅い表情のまま、彼女は話し出した。

「友だちが、『呪い水』をかけられたんです」

「へえ」

蓮城がチラッと恵を見たので、意図を察した彼は、立ったままパソコンを開いてメモを取る準備をする。

視線を戻した蓮城が、問う。

「だけど、なぜ、それが『呪い水』だと、分かったんですか？」

「それは、水をかけられた日の夜、相手の男から電話がかかってきて、そう告げられたそうです」

「ってことは、相手が誰かも、分かっている？」

「はい」

こぼれそうなほど大きな目をして頷《うなず》いた清家希美が、友人のことに触れる。

「彼女、『アイドル・ボックス』っていうサイトのネットアイドル出身で、最近はテレビにも頻繁に出るようになったんですけど、以前からのファンが一人、彼女のストーカーになってしまって」

「ファンが、アイドルに恨みを？」

蓮城は納得がいかなそうだったが、恵はなんとなく分かる気がした。

「アイドル・ボックス」には課金制の投票権があって、一人のアイドルができあがるまでには、多額の金を注《つ》ぎ込むファンが必要となる。しかも、注ぎ込まれた金の一部が、そのアイドルを売り出す資金になるという、けっこうえぐい制度なのだ。

ファンが、アイドルのプロデューサーを兼ねるようなものである。

恵が、そのあたりの事情を説明すると、「なるほどねえ」と納得した蓮城が、清家希美に視線を戻して尋ねた。

「それで、君は、ここに、『呪い水』の情報を提供しに来たということでいいのかな？」

「ううん」

高校生らしい口調できっぱり否定し、彼女は説明する。

「そうじゃなく、サイトを見たら、『呪い水』について『調査中』ってなっていたから、ここにきたら、『呪い水』の正体が分かるんじゃないかと思ったんです。だって、『呪い』なんて、本当にあるんですか？　私、信じられなくて……」

恵と蓮城が顔を見合わせている間に、彼女はさらに言う。

「だけど、リナは――、あ、友だちの名前、『早乙女リナ』っていうんですけど、『呪い水』の力をすっかり信じ込んでいて、自分は呪われたからもうお終《しま》いだって、家に引きこもるようになってしまったんです。おかげで、せっかく頑張ってきたのに、チャンスも逃してしまって、このままじゃ、本当に駄目になっちゃうから」

将来を決めつけるには早すぎる年齢だと思ったが、恵は口を挟まず、蓮城がどうするか、様子を窺《うかが》った。

考え込むように黙っている蓮城に向かい、清家希美がさらに言う。

「もし、『呪い水』に人を呪う力がないと分かっているなら、編集部の人から、リナにそう説明してくれませんか？　私がいくら説得しても、裏切り者だって思われているから、素直に聞いてくれないし」

「裏切り者？」

つい恵が横から尋ねると、希美は恵を振り仰いで、「うん」と頷いた。

「別の友だちが、そのストーカー男にリナのケータイ番号を教えたのがばれて、でも、リナには、私とその子、どっちの仕業か判断できないからって、私まで疑われているの。でも、このまま放っておいたら、リナ、どうなってしまうか……」

もの思わし気に語られたことに、恵はなんとも応じられず、棚に寄りかかる姿勢で黙り込んだ。

すると、それまでじっと考え込んでいた蓮城が、時計を見あげて言う。

「事情は分かった。それで、今から、その『リナ』っていう子に会えるのかな？」

「話してくれるんですか？」

大きな瞳《ひとみ》をさらに大きくして喜色をあらわした彼女に反比例して、恵が、疑わしげに確認する。

「でも、万聖さん。そんなこと、あいつに相談しないで勝手に決めちゃって、いいんですか？」

「いいも悪いも」

車のキーを取り上げた蓮城が、心外そうに答える。

「これは、取材じゃなくて、人助けだよ。か弱い女子高生が、こうして助けを求めているんだ、放ってはおけないだろう？　それに、これでも一応、大学時代に精神療法の講義を取っていたからね、ちょっとは役に立つかもしれない。もっとも、あとでキイチくんに怒られるのがイヤなら、君は残ればいい」

「いや、まさか。行きます」

蓮城の車は、国産のおんぼろ四輪駆動車だった。顔に似合わず、エコじゃないなと思いつつ、道々、恵は尋ねる。

「あの、訊《き》いてもいいですか？」

「質問にもよるけど、なに？」

「えっと。……さっき、彼女が」

言いながら、ルームミラーで後部座席に座る清家希美を見ながら、続ける。

「ここの住所を教えてもらったと言った時、ちょっと怒りましたよね。でも、一応、編集部なんだから、それっておかしくないですか？」

「まあね。でも、あそこはキイチくんの自宅で、僕も間借りしているし、そもそも、あの編集部は、仕事場というより、キイチくんのオモチャ箱に近い。だから、世間からは隔離しておきたいんだ」

「オモチャ箱？」

「うん。……あいつが、東亜グループの御曹司《おんぞうし》なのは、知っているだろう？」

「ああ、はい。兄に聞きました」

「これは、そんなあいつの持論なんだけど、エンターテインメントを含む文化は、金持ちの道楽が作ると考えていて、実際、ギリシャ文化が花開いたのは、都市国家を支える奴隷《どれい》の存在があってのことだし、ルネッサンス芸術を支えたのは、金が有り余っていた商人たちだ。つまり、人々の心を躍らせるような創作活動というのは、金勘定とは無縁でないといけないというのが、その根本理念にある」

ウインカーを出し、車線変更しながら、蓮城は話を続けた。

「それなのに、いつしか、文化を生み出すこと自体が商売になってしまって、みんな、あくせくと金儲《かねもう》けを考えながら、なにかを生み出そうと必死になっている」

「でも、この不況だし、それも仕方ない気が……」

「確かにそうなんだけど、そんな状況に矛盾を感じたあいつが、実務家――本人は自分で『英雄』と言っているけど、それは無視して――実務家のあいつが金を出し、絶対的に面白いものを作り出すために集めたオモチャ箱が、あの編集部なんだよ。つまり、あそこにいる人間は、君を含め、それが商品として当たる、当たらないという金勘定をする必要がなく、たとえ給料が無駄になってもいいから、面白いと思うものを追求して、遊んでいればいいことになっている」

「万聖さんも？」

「僕は、監査役というか、お坊ちゃんのお目付け役だから、遊んでばかりもいられない。お城でいうなら、『執事』という役回りだよ」

確かに、黒縁眼鏡をかけた物静かな外見はそれっぽく見えなくもないが、影に徹するには、才気煥発《かんぱつ》である気がした。

蓮城が続ける。

「僕のことより、アリサのお茶会がその最たるもので、遊んでいるうちに、ポンポンと面白いアイデアが生まれるだろうというのが、キイチくんの考えなんだ。――なんて、偉そうなことを言っても根拠に乏しく、ほとんど彼の思いつきに近いんだけど」

「でしょうね」

同意した恵には、実際、それがすごいことなのかどうか、判断がつかなかった。一理あるような気もするし、結局は、才能なんじゃないかとも思う。ただ、やっていることは、金持ちのボンボンの考え付きそうなことで、万木輝一という人間は、やはり、相当性格が歪《ゆが》んでいるんだろうなと、改めて思った。

2

一方。

輝一はといえば、早朝から自慢のアストンマーチンを駆って、茨城県つくば市まで足をのばしていた。つくばエクスプレスが開通して以来、鉄道の利便性は高まったとはいえ、研究都市を動きまわるには、やはり自家用車が便利だ。

駐車場で車を降り、若々しい足取りでコンクリート舗装された道を歩く輝一は、なんとはなしに日比野家の兄弟のことを考えていた。抜けるような青空とまわりに広がる田舎の風景が、どこか日比野恵を思い出させたせいかもしれない。

本来、恵のような容姿の人間は、小さい頃に絶対に苛《いじ》められたはずだが、あんな風に哲学なんぞでうだうだ悩んでいられる様子からすると、そんな感じはあまりしないので、おそらく、周囲に対する強面《こわもて》の兄の影響力が強かったのだろう。

ただ、ぼんくらに育つにも程があるというものだ。

そもそも、あれだけ見てくれがいいくせに、能力が低いというのが、輝一には許しがたい。彼にしてみれば、昔から、英雄というのは神に近い存在で、容姿も素晴らしければ、能力も高い。逆に言うと、見目麗《みめうるわ》しくないものは、能力も低くあるべきで、勧善懲悪の「善」には「美」が含まれているし、勧善懲悪の「悪」は「醜」と同義語なのだ。

そういう意味では、日比野家の兄も、輝一には許せない。あれだけ顔が悪かったら、もっと影の存在に徹していなければならないのに、なぜ、あれほど能力が高く、堂々としているのか。輝一の勝手な理論では、あの手の男が人より勝っていいのは、腕力ぐらいだ。

そんな輝一の目から見ると、日比野家の兄弟はなにかが間違っていた。

（いっそ二人を足して、いい方だけをとって、悪い方は捨てちまえばいいのに）

他人が聞いたら、思わず目を剝《む》くほどムチャクチャな理論を展開しながら歩いている彼の前には、十階建ての大きな建物があった。

何の変哲もない建物で、均一に並ぶ窓が、見る者に無機的な印象を与える。装飾性に乏しく独自性のない外観は、学校や役所など、公的機関にありがちなものだが、ここは、まさにそんな施設の一つであった。

生物化学研究所。

ここの一角に、彼が目指す「生化学研究センター」がある。「三野バイオポテンシャル研究所」の三野正彦が、以前所属していたところだ。

受付で名乗り、待合室で待たされている間、彼は、退屈しのぎに秘書らしい女性と会話する。長身で見目麗しく、なにより若さで輝いている容姿が、異性に対しどれほど有効か、彼は十分に理解している。

ある程度打ち解けたところで、内線が鳴り、入室を許可された彼は、魅惑的な笑みを残して教授室に入っていった。

かつて三野正彦の上司だった教授は、小柄で頭の禿《は》げ上がった男だった。それでも、白衣を着て椅子《いす》に座る姿は、なかなか堂に入っている。

名刺を渡して挨拶《あいさつ》した彼に、教授は椅子に座ったまま鷹揚《おうよう》に言った。

「それで、三野君のことで聞きたいことがあるということだったが、彼は元気かね？」

「さあ。現在、名古屋に出張中ということで、まだ会っていませんが、彼は、どういう人間なんでしょう？」

「ま、優秀だったよ。見た目は、君と違って目立たないけどね」

「それなら、何故《なぜ》、ここを辞める羽目になったんです？　世界屈指の研究機関であれば、若く優秀な人材は確保しておきたいだろうに」

すると、椅子の上で身動《みじろ》ぎし、肘掛《ひじかけ》に頬杖《ほおづえ》をついた教授が、推し量るような目で輝一を眺めてから、答える。

「それは、その通りだがね。うちが望んだからといっても、彼がここを出たいといえば、引き止めることはできない」

「つまり、彼は自分からここを辞めた？」

「私は、そう聞いたよ」

「理由は？」

「いや。はっきりとは。——ただ、研究の方向性が、多少、ここと合わなかったというのはあるんだろうね。いちおう、ここは国の機関だから、規制も厳しくて、誰もがやりたいことを好きにできるわけじゃない。まず、予算がおりないだろう。それで、彼は民間企業にヘッドハンティングされたんじゃなかったか」

「ヘッドハンティング？」

意外そうに繰り返した輝一が、続ける。

「でも、彼は、自分の研究所を持っていたはずだが……」

「そうなのか？」

そこで、こめかみを指で揉《も》みながら、教授が記憶をたどる。

「それなら、提携先の研究機関として資金提供でも受けたんだろう。私が聞いたのは、関西にある民間の研究所に移るという話だったから」

「民間の研究所って、名前とか、知りませんよね？」

「分かるよ。『株式会社ＩＴｅＤ』というところだ。電気通信技術の研究所だけど、その研究内容は多岐にわたっていて、多くの大学とも提携している巨大企業だよ。最近じゃあ、脳波の電気通信開発に力を注いでいて、確か、三野君も、その関係で引き抜かれたんではなかったか」

「『株式会社ＩＴｅＤ』」

急いでメモを取った輝一は、最後に質問してみる。

「それはそうと、三野先生が、『呪い水』という、人を呪う力を持つ水の研究をしていたという可能性はありませんかね？」

「『呪い水』？」

そこで、不快そうに眉《まゆ》をひそめた教授が、けんもほろろに答えた。

「バカバカしい！　さっきも言ったように、うちは世界でもトップクラスの公的研究所だからねえ。そんな怪しげなもの、扱うわけがないだろう。――さて、私も忙しいので、これで終わりにしてもらいましょうか」

（やっぱ、そうなるか）

厄介払いするように研究室を追い出された輝一が、少し早まったかと頭をかきながら廊下を歩いていると、パタパタと誰かが追いかけてくる音がして、後ろから声をかけられる。

「あの」

振り返ると、例の秘書が立っていた。彼女は、研究室のほうを気にしながら、輝一に向かって小声で言う。

「三野先生について、お知りになりたいんですよね？」

「そうだけど」

意外そうに首を傾《かし》げた輝一が、続ける。

「なにか、知ってんのか？」

すると、もう一度背後を気にした彼女が、小さく頷いた。

「ええ。私、その頃からここに勤めていたから……」

そこで、一度時計を見おろし、彼女が提案する。

「あと十分ほどでお昼になるので、公園で待っていてくれませんか？」

「公園？」

「この施設の門を出て右に行くと、公園があるんです。小さくてきれいな公園なんですけど、研究所の敷地内にも緑はたくさんあるから、研究所の人は殆《ほとん》ど行きません」

「なるほど」

輝一が、指定された公園のベンチに座って待っていると、ほどなくして、水玉模様のランチバッグを持った彼女がやってきた。

五月晴れのいい天気だ。

植物の甘酸《あまず》っぱい匂《にお》いが、空気の中に溶け込んでいる。

彼女は、輝一の隣でお弁当箱を開くと、食べながら、まずは言い訳する。

「ごめんなさい。実は、あまり役に立たないかもしれないんです。私、専門的なことはさっぱり分からないから。ただ、たまに、飲み会の席なんかで、酔っ払った先生が、内緒話をしてくれることがあるんです」

さすがに、こんな研究所の教授秘書をやるだけはあり、二十代後半から三十代前半と見られる彼女は、なかなか美人で、なにより清楚《せいそ》だった。いかにも、研究者の好みそうなタイプである。さぞかし、色々な内緒話を聞かせてもらえるのだろう。

そんな彼女の瞳《ひとみ》には、先ほどから明らかに輝一への媚《こび》があった。もちろん、己の容姿を最大限に利用する輝一は、分かってそう仕向けている。

「大丈夫。どんな些細《ささい》な情報でも歓迎するよ。――それで、三野正彦について、どんな噂《うわさ》を聞いたって？」

「私が聞いた話では、三野先生は、禁忌《タブー》を犯したそうです」

「禁忌を犯した？」

「ええ。表向きは、一身上の都合での辞職ということになっていますが、先生の行なおうとした実験が倫理委員会で問題になって、辞めざるを得なくなったって。……でも、別の人によれば、三野先生の実験は、人が精神疾患に陥るシステムを解明できるものだったと」

「それなのに、倫理委員会に拒否された？」

「はい。私に話してくれた研究者は、そう言っていました。詳しいことは、分かりませんが、その時、その人が言っていたのは、三野先生とその研究チームは、恐怖を支配しようとしていたって――」

その時。

うわーん、と。

近くで子どもが泣き出した。どうやら、走っていて転んだらしい。

その声が、子どもたちの遊ぶ公園に響き渡る。

ベビーカーの赤ちゃんをあやしていた母親が、「もう」とうるさそうに立ち上がり、「転んだくらいで、泣かないの！」と文句を言いながら、その子を抱き上げて連れて行く。

その姿を見つめ、輝一が小さく呟《つぶや》く。

「恐怖を支配する、か」

お茶をすすった彼女が、「そういえば」と、思い出したように言う。

「私には、それくらいのことしか分かりませんが、お台場にある文部科学省所管の『科学サテライト館』に、当時、研究所内の倫理委員を務めていた教授が、退職後、移られたはずです。ちょっと前に、私のところにも挨拶にいらしてくださったので、よく覚えています。その人なら、もう少し詳しいことが分かるかもしれません」

そこで、その教授の名前を聞き、礼を述べて立ち上がった彼は、のどかな昼下がりの公園をあとにした。

3

早乙女リナの家は、江戸川区にあった。目の前は、もう千葉県である。

最初は会うことを拒んだリナであったが、清家希美の再三の説得に応じる形で、ようやく近くの公園まで出てきてくれた。見るからに不機嫌そうだったが、「顔だけはいい」と誰もが認める恵を前に、少しだけ愛想が戻る。

辺りが夕日に染まる中、ブランコに腰掛けた彼女を囲んで、彼らは話し始めた。

「君、『呪い水』をかけられたんだってね」

蓮城の問いかけに、リナがチラッと希美を見てから訊《き》き返す。

「希美に聞いたの？」

「そう。彼女、友だちが『呪い水』をかけられて苦しんでいるから、助けてほしいって、編集部に乗り込んできたんだよ」

蓮城の説明に、リナはもう一度、今度は前よりも長く希美を見てから言う。

「じゃあ、二人は、本当に『呪い水』を調査している編集部の人なんだ」

「もちろん」

「なら、教えてよ。『呪い水』って、本当に人を呪い殺せるの？」

いきなり切り込まれ、恵が戸惑ったように蓮城を見るが、彼はまったく動じた様子もなく応じる。

「教えるのはいいけど、その前に、簡単に経緯を話してくれるかな。そのストーカー男が君に何をしたか」

そこで、リナが最初から順を追って話し出す。

最初はただのファンだったこと。それがだんだん言動がおかしくなり、ある時を境に嫌がらせをしてくるようになったこと。そして、例の水かけ事件があり、その夜の電話で「呪い水」のことを知らされた。以来、彼女の周りでおかしなことが起きるようになった。

それらのことを、脱線しそうになりながらも、彼女はこと細かに説明した。

聞き終わった蓮城が、確認する。

「ということは、無言電話は、『非通知』なんだね？　公衆電話からではなく」

改めて指摘されたことに、恵が意外そうな顔をする。確か、峰岸健一にかかってきた無言電話は、すべて公衆電話だったはずだが、この違いは、なにか意味があるのだろうか？

考えるうちにも、リナが頷《うなず》く。

「そう。でも、絶対にあいつなんだ。息遣いで分かる。すごく嫌な感じだから。それで、スマホにして番号も変えたのに、またあいつからかかってくるようになって……」

そこで、チラッとリナが希美を見たが、彼女は視線を逸《そ》らさなかった。疚《やま》しいことは何もないと主張しているのだろう。

気圧《けお》されたように視線を戻したリナが、「それで？」と苛立《いらだ》ったように訊く。

「『呪い水』をかけられて死んだ人がいるっていうのは、本当？　『呪い水』をかけられた人は、呪い殺されちゃうの？」

「いや」

蓮城が短く否定したので、恵は彼の横顔を見た。峰岸健一の死をどう位置づけるか、恵の中では、まだはっきり決まっていない。彼の死は、運が悪かっただけなのか、それとも「呪い水」をかけられた結果であるのか。

だが、蓮城の答えに迷いはなかった。

彼が続ける。

「映画や漫画と違って、現実に『呪い』で人は殺せない。だから、余計な心配はしなくていいよ」

「本当に？」

「うん」

しっかりと頷いた蓮城が、安心させるためか、片膝《かたひざ》をついてリナの手を握り、下から覗《のぞ》き込むようにして話す。

「僕の目を見てくれるかな、リナ。――そう。ああ、逸らさないで。――そうそう、目を見て話そう。いいかい？」

どぎまぎしつつも頷いたリナを、蓮城が諭す。

「『呪い』という考え方は、昔から世界各国に存在するけど、そのどれもが、『呪い』を成立させるためには、相手に、『お前は、呪われた』と知らせる必要がある。――なんでだか、分かるかい？」

「ううん」

リナが、蓮城を見つめながら首を横に振る。

ブランコを囲む柵《さく》に片足を乗せてメモを取っていた恵も、その答えが知りたくて、二人のほうに視線をやった。

蓮城が、「なぜなら」と理由を告げる。

「『呪《のろ》い』というのは、人の意識にのぼる——、つまり、自覚することによって、初めて効力を発揮するからだ」

「自覚することによって……？」

「言い換えると、『呪い』は、『呪われた』と信じた人間が生み出す、妄想の産物なんだよ」

そこで、リナが不満そうに顔をしかめる。

「だけど、さっきも話したように、実際、あいつに『呪い水』をかけられてから、リナの回りで変なことばっかり起きるようになったんだから」

「そうだったね。——でも、相手が、君のストーカーなら、それくらいやってもおかしくない。歩いているところを先まわりしてものを落としたり、人混みにまぎれて後ろから押したり」

「そんなの、リナがそこにいるって、なんであいつに分かるわけ？ 仕事の移動時なら分かるけど、最近では、スケジュールとは関係なく、リナが勝手にそこにいった時に危ない目にあったりしたんだよ？ なんで、相手にそんなことが分かるの？ そんなの、変じゃん！ リナも、気になってまわりをよく見たけど、あいつはいなかったし、あんな偶然、呪いの力としか思えない！」

（確かに、そうだ）

恵も、リナと同じように思った。いくらストーカーでも、本人の生活だってあるのだから、そこまでべったり張りついてはいられないだろう。

だが、蓮城は、落ち着いた声で訊き返す。

「今、『最近では』って言ったけど、君、スマホに買い換えたんだよね？」

「うん」

「それ、きちんとウイルス対策をしている？」

「ウイルス対策？」

キョトンとしたリナが、ポケットからスマートフォンを取り出し、異物でも見るような目で見おろした。

「分からないけど、多分、してないと思う。お店の人も何も言ってなかったし」

「そうか。なら、それが汚染されている可能性がある」

「汚染？」

聞き咎《とが》めたリナが、尋ねる。

「汚染って、なに？　スマホに呪いがかかっているってこと？」

「いや。単に、ウイルスに感染しているかもしれないってことだけど……」

「ウイルス？　パソコンでもないのに？」

疑わしげに尋ね返すリナに、蓮城が肩をすくめて応じる。

「スマホは、電話機能のついたパソコンと考えたほうがいい。悪質なアプリをダウンロードすると、一緒にウイルスを取り込んでしまって、その汚染されたスマホを遠隔操作すれば、盗聴や盗撮も可能だし、今現在、君がどこにいるか、その位置を追うのは、比較的簡単なんだ」

「そんな⁉　――そんなの、誰も教えてくれなかった」

すると、それまで黙っていた希美が、横から口を挟む。

「だけど、それなら、オーディションの件は？　あいつには、そこまでやる力はないでしょう？」

「確かにそうだ。オーディションの件は、さすがに彼の力ではないと思う」

そこで口元に苦笑を浮かべ、蓮城は「むしろ」と言いにくそうに続ける。

「それに関しては、リナ自身に問題があった」

「私に？」

「そう。正直、何かに怯《おび》えている人間というのは、傍目に決して魅力的に映らない。卑屈な態度が鼻につくし、立ち居振る舞いも落ち着きがなくて悪印象を与えてしまう。それに、君の場合、見たところ、健康で愚かなくらいのあけっぴろげさが魅力になっていたタイプだろうから、その最大のチャームポイントがまったく消えてしまえば、そりゃ、オーディションだって落ちるだろう。ショービジネスの世界は、そこまで甘くないからね」

もの柔らかな姿形《なり》をしているくせに、言うことはかなり辛辣《しんらつ》だ。

案の定、友人を思う希美が、その大きな瞳で蓮城をじろりと睨《にら》み、リナ自身はブランコの上でしょぼくれる。ただ、恵の気のせいかもしれないが、先ほどまでリナがまとっていた負のオーラが、ほんの少しだけ薄まったように思えた。

それでも、やはりその場の空気は重く、気まずい沈黙を意識した恵が、取り繕うように何か言おうとした時だ。

背後で、ガサッと音がした。

恵の後ろは、公園を囲む植木が生い茂っているのだが、振り返った恵は、その茂みの中に、一人の男が立っているのを見た。

年のころは、三十代くらいか。

ぶよぶよと太った体型。

眼鏡をかけた丸顔には、大量の汗をかいている。

恵は、柵から足をおろして男と向き合う。その時はまだ、相手が何者であるのか分からず、さほど警戒もしていなかった。

だが。

ブランコの上で、リナが「あっ」と声をあげたとたん、全《すべ》てが変わった。

男が動く。その口が、ぶつぶつと呟いていた。

「裏切り者。裏切り者。裏切り者。お前は、そんな男と付き合っているのか。汚らしい女だ。そんな女は、もう要らない。お前なんか、消えてしまえばいい」

一番手前でその声を聞きつけた恵は、その瞬間、「ヤバイ」と思う。

この男はリナのストーカーで、彼女の手を握って話していた蓮城のことを、リナの彼氏と勘違いしているようだ。しかも、茂みの中から踏み出した男の手には、刃渡りが十センチはあろうかという、ジャックナイフが握られている。

銀色に光る刃先を認めた恵は、その瞬間、思考が止まった。――いや。情けないことに、思考だけでなく、全身が凍り付いたように動けなくなった。

ナイフを構えた男が、リナを真《ま》っ直《す》ぐに見つめて叫ぶ。

「この裏切り者め！」

男が突進し、リナが悲鳴をあげる。

立ち上がった蓮城は、リナを庇《かば》うように前に出た。だが、それ以前に、男の前には恵がいる。

「危ないっ！」

希美の声が、公園に響き渡る。

すべてが、一瞬の出来事だった。

あまりにも一瞬過ぎて、誰も、なにが起きたのか分からなかった。もちろん、渦中《かちゅう》の恵自身も、よく分かっていない。

ただ、その場で凍り付いた恵は、相手が突進してきた瞬間、気圧されてわずかに後ろに足を引いたのだが、そこにはブランコの柵があって、彼はそれに足を引っかけてバランスを崩した。

後ろに倒れ込んだ恵に、ナイフを持った男が迫る。

だが、突っ込んできたところにもはや恵の身体《からだ》はなく、宙を切った刃先が恵の腕をかすめて、その先に突き出された。

さらに、後ろにひっくり返りつつある恵の足が、男の進行方向にあったため、今度はそれに足を引っ掛けた男が、前のめりになってすっ飛んだ。

衝撃で、男の手からナイフが飛んでいく。

その隙《すき》に、蓮城が倒れ込んだ男の背に膝で乗り上げ、動きを封じた。

倒れ込んだ恵が次に見たのが、その場面だった。

なにがなんだか分からないうちに、ナイフを振り回していた男が大地に伏し、蓮城によって取り押さえられていたのだ。

(万聖さん、すげえ！)

恵は、腕の痛みも忘れて感動する。足に何かが絡《から》まった覚えもあったが気にしない。

それから、十分もしないうちに、サイレンを鳴らした警察車両が到着した。ほぼ同時に救急車も到着し、恵はひとまず病院に行くことになった。

救急車のところで応急処置を受ける恵に、希美が申し訳なさそうに言う。

「なんか、とんでもないことになって、すみません。……腕、大丈夫ですか？」

「大丈夫。だいたい、君だって被害者なんだから、僕に謝る必要なんてないよ」

「でも、ここに連れてきたのは私だから」

「いや、悪いのは全部、あのストーカー男。他の誰でもない」

「その通り」

蓮城も加勢したので、希美が申し訳なさそうに微苦笑を浮かべた。

それに対し、遠くでポツンと所在なげに立ち尽くしているリナに目をやった蓮城が、あごで示しながら、「それより」と告げる。

「彼女のこと、頼んだよ」

「あ、はい。おまわりさんが聞きたいことがあるそうなので、それが終わったら家まで送って行こうと思ってます。……あと、気休めですけど、このハーブティーを渡してみようかと」

そう言って、彼女はポケットから、可愛《かわい》らしいラッピングのされた小さな袋を取り出してみせた。

「ハーブティー？」

「そうです。セント・ジョーンズワートって言って――」

「ああ。それなら、知っている」

相手の説明を省略させて、蓮城は続けた。

「今の彼女には、なかなかいいプレゼントかもしれない」

すると、ちょっと驚いたように目を見開いた希美が、問いかける。

「本当に、そう思いますか？　……私、もしかして、彼女にはお医者さまに行くように勧めたほうがいいのかもしれないって、悩んでいるんですけど」

大きな瞳《ひとみ》に不安げな色を浮かべる彼女に、蓮城が安心させるように答える。

「彼女は大丈夫だよ。確かに、時には薬も必要だけど、彼女にはまだ理不尽なことに対する怒りのエネルギーが残っているし、なにより、精神的に不安定になっている人間にとっては、君のように話を聞いてくれて、なおかつ、理解してくれる人がそばにいるのが一番の薬だからね。きっと、すぐに元気になる。——それで、万が一、一ヶ月以上経《た》っても改善が見られないようなら、その時こそ、専門医を紹介するから連絡してくれる？」

「あ、それなら、メルアドの交換を」

言いながら、携帯電話を取り出した彼女に合わせ、蓮城もスマートフォンを取り出し、あっさり連絡先を交換し合った。

なんと自然な流れであることか。

目の前で、何の苦労もなく連絡先をゲットするその手練手管に、恵は舌を巻く。

（大人！）

そんなことを思いながら二人の様子を恨めしげに見ていると、片づけを終えた救急隊員が、車両を叩《たた》いて恵に乗車を促す。

「そろそろ出発しますよ。付き添いは？」

「あ、僕が」

片手をあげた蓮城が、ひらりと身を翻《ひるがえ》し、車のほうへ向かいながら続ける。

「ただ、車なので、あとから付いていきます」

やがて走り出した救急車の中から、希美がリナに、可愛いパッケージのされた小さな袋を渡しているのが見えた。一瞬躊躇《ためら》ったあと、リナがそれを受け取り、二人が抱き合う姿が次第に遠ざかっていく。

（いい子だよなあ）

恵は、清家希美のきれいな顔を思い出し、きれいで性格がいいのって、ちょっとずるいよなと思う。

角を曲がったところで、夕日が車内に差し込み、そんな恵の横顔を照らし出した。

4

診察と簡単な事情聴取を終えた恵が病院の待合室に戻ると、そこには蓮城と一緒に輝一の姿もあった。

どうやら、連絡を受けて、社長みずから駆けつけてくれたらしい。

この二人、一緒にいると陰日なたのような関係であるのが、よく分かる。年上の蓮城を前にして、青年社長は輝くばかりの若々しさを撒《ま》き散らして居丈高に話しているが、だからといって蓮城が卑屈になることはなく、むしろ、相手の子どもっぽさをそのまま受け止めてひっそりと寄り添う、大人の余裕が感じられた。今も、一方的にまくしたてる輝一の話を、穏やかな表情で受け流している。

十歳も違わないらしいが、見ている限り、それ以上の歳《とし》の差を感じた。

(お目付け役か……)

恵が近づいていくと、気づいた蓮城が、輝一の話を遮って恵のほうに注意を促した。

輝一が振り返って、「お」と声をあげる。

「ひびのめぐみ、容態はどうだ?」

「それが、腕の傷は、二、三日もすれば治るそうで、頭も、念のため、ＭＲＩで検査してもらいましたが、どこも異常はないって」

「そりゃ、よかった」

心底、安心したように輝一が言ったので、恵は意外そうに長身の青年を見あげる。

「なんか、そんなに心配してくれるなんて、嬉《うれ》しいっていうか、おかしいっていうか、空恐ろしいっていうか。——俺、あんたのこと、誤解してたかも」

「当たり前じゃないか」

そこで、偉そうに腕を組んだ輝一が、「なにせ」と続けた。

「うっかりして、お前の労災の手続きをしてなかったから、もう焦《あせ》ったのなんのって」

「あ、そ」

一瞬でも期待した自分がバカだったと恵は思う。よく考えれば、この我儘《わがまま》なお坊ちゃんが、人の心配などするはずがないのだ。だが、それならいっそ、とんでもない大ケガでもしてやればよかったと後悔する恵に、輝一がさらにイジワルなことを言う。

「それにしても、残念だったな」

「なにが？」

「いや、脳に異常がないってことは、お前の間抜けさは、治療しても治らないってことだろ？」

「余計なお世話だよ！」

吐き捨てたところで、廊下の先で恵を呼ぶ声がした。

「恵！」

振り返ると、兄の稔が大股《おおまた》にやってくる姿がある。

「兄貴!?」

目を丸くした恵は、目の前に立った兄のフランケンシュタインのような顔を見あげて尋ねる。

「なんで？　仕事中だろう？」

「ああ。それで、来るのが遅れたんだ。お袋から電話があって、お前が刺されて病院に運ばれたって言うから。――大丈夫なのか？」

「うん」

包帯の巻かれた腕をあげ、元気に振り回しながら答える。

「二、三日もすれば、治るって。通院の必要もないらしい」

「そうか」

振り回している弟の腕をつかみ、自分の目で一通り見分した稔が、乱暴に腕を放して問う。

「それで、いったいなにがあったんだ？」

「それは――」

説明しようとした恵の横から、蓮城が口をはさむ。

「申しわけありません。その場には僕もいたんですが、気づくのが遅れて、弟さんにケガをさせてしまいました。サイトに投稿のあった件で、情報提供者に話を聞いていたんですが、そこに、その情報提供者に以前からストーカー行為をしていた男がナイフを振りかざして襲いかかってきまして、刃傷沙汰《にんじょうざた》になりました」

「えっと、そちらは、確か、株式会社万一夜にいた――」

「蓮城万聖です。『万一夜』には、相談役として籍を置いていますが、基本はフリーのサイエンスライターとして活動しています」

「なるほど。それで、その情報提供者というのは、早乙女リナのことですね。『呪い水』の件ですか？」

そこで、輝一と蓮城が同時に恵を見たので、恵は慌《あわ》てて否定する。

「俺、しゃべってないから！」

それに、兄が加勢してくれる。

「弟からは、なにも聞いてませんよ。むろん、無理やり聞きだすこともできましたが、こいつにも立場ってものがあるだろうし、尋ねるまでもなく、早乙女リナの所属事務所から再三にわたって届けがあったので、担当部署が、念のため動いていたんです。それで、ストーカー男の身元は調べてあった。今回、捕まった男の名前から、すぐに同一人物と判明して、一連の関係性が分かったんです」

プロの仕事ぶりを見せ付けるような物言いに、輝一が「ふん」と鼻を鳴らす。なんでも思い通りになると思っているお坊ちゃんとしては、こんな些《さ》細《さい》なことでも、国家権力には敵《かな》わないと思い知らされたのが悔しいようだ。しかも、二人はほぼ同い年なので、余計に闘争心が沸くのだろう。

察した蓮城が、さりげなく話題を変える。

「それはそうと、ストーカー男の身元は調べてあったということですが、どういう奴《やっ》なんでしょう？　話せる範囲でいいので、教えていただけませんか？」

それに対し、稔は腕時計を見て、「もういい頃か」と呟《つぶや》いてから教えてくれる。

「話せる範囲もなにも、いちおう被害者が芸能人なのでマスコミがうるさくて、こちらも対応を急いでいるんです。おそらく、すでに記者会見が開かれている頃でしょう。

加害者の名前は、丹羽真心人《まこと》。三十二歳独身。N大理学部を卒業後、一時期、つくばにある生物化学研究所に非常勤事務員として雇われていたんですが、科研費の流用がばれて解雇されてからは、折からの不況もあって、ずっと無職のようですね。都内で親と同居していて、その家がそれなりの資産家らしく、食うには困っていないらしい。引きこもりの人間にありがちな、ネットが友だちというタイプの男です」

生物化学研究所の名前が出たところで、輝一がチラッと蓮城を見た。待合室で恵のことを待つ間に、輝一は蓮城に、午前中の取材で得た情報を話してあった。

だが、蓮城は素知らぬ顔で会話を続ける。

「その丹羽という男は、『呪《のろ》い水』を、どこで手に入れたんでしょうか？」

「さあ」

首をかしげた稔が、続ける。

「ただ、『呪い水』が、巷《ちまた》で言われている通り、本当にただの水なら、水道の蛇口をひねれば誰でも簡単に手に入るでしょう。どちらにせよ、所轄《しょかつ》のほうで詳しい調書を取っているので、明日には色々と分かるはずです。——もっとも」

そこで声に凄《すご》みをきかせ、稔が推測する。

「それについては、そちらのほうが詳しいんじゃありませんか？」

「うちですか？——まさか。滅相もない」

あっさり否定した蓮城も、かなりの食わせものである。

今の話から察するに、どうやら警察は、まだ山下春江のことや「三野バイオポテンシャル研究所」のことを知らないらしい。——もっとも、それも時間の問題だろうが。

恵が、不思議そうに口を挟む。

「でも、なんで、兄貴が『呪い水』のことなんか、調べているわけ？　まさか、本当に、呪いによる殺人を立証しようなんて、思っているわけじゃないよね？」

「当たり前だ」

弟に対してはいつも通りの口調で応じ、稔は言った。

「正直、『呪い水』なんてどうでもいい。ただ、これは、もう今夕にも新聞発表になるから教えてやるが、峰岸健一の死については、ここのところ続いていたネットで購入した向精神薬による死亡例とは異なる殺人の疑いがあって、調べていたんだよ」

「へえ。でも、異なるって、なにが異なるわけ？」

「購入されたのは同じ向精神薬だが、検死の結果、峰岸健一だけ、他の被害者とは違う種類の毒物が検出されたんだ」

「違う種類の毒物——」

となると、当然、峰岸健一に薬を渡した林ひとみが、第一容疑者となるだろう。あるいは、実際に薬を購入したというその友人。

「じゃあ、もしかして、林ひとみが？」

「いや。彼女は、ただ、間に立ったに過ぎない。結局、犯人は、彼女の友人の平山修という男で、どうやら、平山は、両親が離婚した高校時代に、精神状態が不安定になったらしく、峰岸健一の父親である峰岸一郎が院長を務める『優友メンタルクリニック』に通っていた時期がある。その時、大量の薬を処方されて、本人としては、症状が悪化したと思ったようだ。そのことで、院長の峰岸一郎に恨みを抱いていた。——もっとも、当初は、殺意にまでは至ってなかったらしいが、そこへ、幼馴染《おさななじ》みで、彼にとって唯一《ゆいいつ》の女友だちである林ひとみの付き合っている相手が、峰岸一郎の息子であると知らされて、鬱積《うっせき》していたものが一気に膨らみ、一転、息子の健一を殺害してやろうと思ったそうだ。

その際、世間を騒がせている向精神薬と同じものを使えばばれないと安易に考え、実行に移した。ネット上に、薬による死亡事件についてそれらしい見解が載っているサイトがあって、彼はそれを閲覧していたんだ。そのサイトには、どこから漏れたんだか、被害者が海産物系の神経毒でやられたことが書かれていて、おそらくふぐ毒のテトロドトキシンだろうと推測されていた。それを真に受けて、彼はテトロドトキシンを自分で抽出して混入させたんだが、実際は同じ海産物系でも、毒の種類が異なっている。毒については、まだ捜査段階なので詳しい話はできないが、少なくとも、平山に関しては、ネット上の情報を信じて人を殺すなんて、浅はかとしか言いようがない。おそらく、そうなるに至った要因の一つとして、長引いている精神疾患があるんだろうな。まともな思考回路ではなくなっていたってことだ。そういう意味では、早期に的確な治療を施せなかった峰岸一郎にとって、因果応報といえなくもない」

「ヤブ医者ってこと?」

「断言はできないが、調べてみると、彼のクリニックで似たような体験をした患者が大勢いることが分かった。もしかしたら、この事件がきっかけで、近々、なんらかの動きがあるかもしれない。国や学会のほうでも、精神科や心療内科の医者が処方する多剤服用を問題視する動きも出てきているからな。——ただ」

そこで、ごつい顔を歪《ゆが》めた稔が、暗い見通しを述べる。

「自殺者は別として、直接、処方された薬が原因で死者が出ているわけではないし、精神疾患に関しては、治療法が確立しているわけでもないから、なんともいえない。医者によって治療のやり方もまちまちで、医療過誤を判断するのが難しい分野なのは確かだ。法整備も遅れているし」

恵は、兄の話を聞いていて、なんともいえず理不尽な思いがした。苦しんでいる人を助けられないどころか、そこにつけ込んで、あくどい商売をしようとする人間がいるのに、警察が、それを取り締まれないなんて――。

そんな恵の視線に気づき、稔が両手をあげて文句を言う。

「おいおい。そんな目で見られても、俺には、どうすることもできないからな」

「分かっているけど……」

その時、ちょうど胸ポケットで携帯電話が鳴り出したので、稔は身を翻《ひるがえ》しながら一言告げる。

「じゃあ、俺は仕事に戻るが、お袋にきちんと電話しとけよ。心配してたから」

「へ～い」

そこで、素直に家に電話をかけ始めた恵のそばで、遠ざかっていく稔の後ろ姿を見つめながら、蓮城が輝一に言う。

「どうやら、雲行きが怪しくなりそうですけど、どうするつもりです？」

「知るか」

「でも、場合によっては、『呪い水』の取材結果に大きく影響しますよ。――一番気になるのは、その平山という男、本当に単独犯でしょうかね？」

「さあ。よく分からないが、峰岸健一を巡って、二人の人間が『優友メンタルクリニック』の患者で、峰岸一郎に対して恨みを抱いていたというのなら、それらを無関係と考える方が難しいよな」

「そうですね」

そこで、電話を切った恵が二人の会話に割って入る。

「それって、山下春江さんが、平山修って男と共謀したってこと？」

「それも考えられるが、この前話した感じでは、彼女が嘘《うそ》をついているように見えなかった」

「でも、それなら、他にどんな可能性があんだよ？」

「そりゃ、もちろん」

輝一が蓮城と顔を見合わせてから、答えた。

「他にもう一人、二人を陰で操っていた人物がいるってことだよ」

5

翌日。

午後の授業が休講になると聞いて、これ幸いと、恵は、南青山の事務所に向かうことにした。

だが、正門を抜けたところで、幼馴染みの美和に呼び止められる。

「やっほ～、ケイちゃん」

「なんだ、美和か。なんか用？」

「なによ、最近つき合い悪いんだから。――またバイト？」

「まあね」

「そんなに気に入ったんだ？」

「気に入ったというか、こき使われているだけだよ」

すると、胡散《うさん》臭そうに恵を見あげた美和が、小姑《こじゅうと》のように文句を言った。

「どうでもいいけど、なんでアルバイト先のこと、きちんとジンさんに話さなかったの？　おかげで、私が尋問される羽目になったじゃない。しかも、うちの先生が紹介したのとはぜんぜん違う形で、採用されたんだって？」

言われてみれば、面接に行った時、手違いがどうのという話になったが、すったもんだの末、結局当初の予定通り、編集アシスタントに納まった。

それで答えあぐねていると、美和が声をひそめて忠告する。

「あのさあ、紹介しといてこんなことを言うのもなんだけど、あんまり変なところだったら、私に気を使わずに辞めていいからね」

恵が、目を丸くして幼馴染みを見おろす。

確かに変人は多そうだが、今のところ、一人を除いてそれなりにきちんと仕事もこなしているし、最初の印象ほどおかしな職場ではない。

その思いを口にする。

「変なところっていうけど、案外、普通だよ。それに、うちの社長、東亜グループの御曹司《おんぞうし》なんだって、知ってた？」

「万木輝一でしょう。当然、知っているわよ。前に、電子書籍出版の特集記事で、経済誌に写真が出ていたもの。――ケイちゃんとは違ったタイプのイケメンよね。いわゆる抱かれたい男ナンバーワン系？」

「さあ。……俺、男だから、よく分からないけど」

「ただ、相当な曲者《くせもの》だって噂《うわさ》もあるらしいから、気をつけてね。けっこう、難有りの性格をしているみたい」

恵は、高飛車で我儘《わがまま》なお坊ちゃん顔を思い浮かべながら、「まあねえ」と答えた。

「あの顔で御曹司となれば、そりゃあ、性格だって歪むだろうよ。でも、今のところ、そこまで害を被《こうむ》ってないから」

言った途端、計ったように、恵の携帯電話が鳴り響く。取り出してみれば、発信元は輝一だ。

「うわっ。噂をすれば」

言いながら、慌てて電話に出る。

「もしもし?」

「お、ひびのめぐみ、授業中か?」

「違うっつーの。電話に出てんだから、そんなわけないだろう。午後の授業が休講だったんで、これから行こうかと思っていたとこ」

「なら、途中で拾ってやるよ」

「拾うって、どっか行くの?」

「三野正彦とようやく連絡が取れて、これから会うんだよ。——興味あんだろう?」

「もちろん!」

食い気味に答えると、電話の向こうで笑われた。

十分後。

恵は、青山通りを飛ばしてきたおんぼろ四輪駆動車の後部座席に乗り込む。運転しているのは、蓮城だ。後部座席には、蓮城の仕事道具であるらしい一眼レフカメラやらなにやらが、ごちゃごちゃと置いてある。

それらを押しのけて落ち着いたところで、恵が意外そうに尋ねた。

「万聖さん、原稿のほうはいいんですか？」

「よくないけど、三野正彦の話は興味があるから、運転手代わりにお供させてもらうことにした」

「こいつ、案外てきとーなんだよ」

フロントガラスの前に足を投げ出し、助手席に踏ん反り返った輝一が、年上の男をあげつらうと、運転席でチラッと輝一に視線を流して、蓮城が言う。

「要領がいいと言ってください。それに、僕のことより、つくばでのこと、彼に話さなくていいんですか？」

「ああ、そうだった」

面倒くさそうに受けた輝一が、それでも、昨日、つくばの研究所で仕入れてきた情報を恵に教えてくれる。

「恐怖を支配？」

身を乗り出し、座席の間から顔を出した恵が、興味深そうに訊《き》き返す。

「それって、なんだか相当ヤバそうだけど、マッドサイエンティストとかが出てきちゃったりするわけ？」

「というか、禁忌を犯したというのであれば、三野正彦自身が、マッドサイエンティストだろう」

「あ、そうか」

納得した恵が、前の座席に腕をかけたまま、呟《つぶや》く。

「それにしても、恐怖を支配ってどういうことだ……？」

「さ〜てね。それは、俺にも分からない」

すると、運転席の蓮城が前を見たまま言った。

「可能性として考えられるのは、彼が、ノーシーボの実験を行なおうとしたってことでしょう」

「ノーシーボ？　なんですか、それ？」

初めて聞く単語を繰り返す恵に、続けて蓮城が答える。

「プラシーボの反対語と思ってくれたらいい。語義としては、『私は害を与える』という意味だそうだけど、この前、プラシーボのことは少し話したね？」

「あ、はい。偽物《にせもの》の薬を、本物と信じ込ませて飲ませると、本物の薬と同じような効果が現われるんですよね？」

「そう。実際、医者の処方する薬や市販薬などでは、無害な物質を混ぜて全体の量を嵩増《かさま》しすることがある。なぜなら、本来処方すべき有用な薬品の量というのは、きわめて少ない場合が多く、それだと患者が薬を飲んだ気にならないため、効果が薄れるのではないかと考えられているからなんだよ」

「へええ」

意外にも、身近に存在するプラシーボの役割に、恵はただただ感心する。

蓮城が、説明を続ける。

「そんな風に、プラシーボとは患者の苦痛を和らげるものなんだけど、ノーシーボはその逆で、患者をだますことで苦痛を増大させる」

「苦痛を増大させるって……。そんなことをして、なにか意味があるんですか？」

「もちろん。でなきゃ、誰もやらないよ」

恵の質問をいなして、蓮城は話を進めた。

「今も言ったように、本来効力のある薬も、不安を与えられた患者の意識の持ち方いかんでは、効力を失すると証明できる。そこから、現在使用されている鎮痛剤などの欠点を改良することも可能だし、さらに突き詰めれば、不安や恐怖が人体に及ぼす脳生化学的データも集められるだろう。ただ、プラシーボにしろ、ノーシーボにしろ、最終的に暗示が――意識と言ってもいいと思うけど――、人体や心に影響を及ぼす仕組みが解明されたら、それこそ、応用の段階で倫理的な問題が浮上してくることになるし、ノーシーボに関していえば、故意に恐怖や不安、不快感を与えるという実験であれば、その段階で倫理的にアウトと判断される場合が多い。下手をすれば、回復中の患者の病状悪化を招く恐れがあるからね。当然、取り組む研究者は世界的にみても少ないと聞いている」

「だが、三野は、あえてそこに踏み込んだ」

輝一の言葉に、蓮城が応じる。

「もしそうなら、彼の提出したレポートが、研究所内の倫理委員会で問題になったというのも頷《うなず》けますよ。まあ、実験内容にもよりますが。……そういえば、その生物化学研究所の倫理委員会にいたという教授には、会えたんですか？」

輝一に向かっての問いかけに、輝一が答える。

「会えた。でも、寄る年波に記憶が洗い流されていて、当時のことはよく覚えていなかったよ。それに、俺自身、途中で凜子に呼び出されて、どっかのバカが仕事中に刺されたとか言われたもんだから、すっ飛んで戻らなくちゃならなくてさ。中途半端なままになっている」

話しながら、輝一がルームミラーで後部座席を見たので、恵はカメのごとく首をすくめた。あれは、俺が悪いんじゃないぞと声高に訴えたかったが、黙っている。

輝一が「ただ」と続ける。

「三野が研究所に提出したというレポートの写しを持っているはずだから、家捜しして、コピーを送ってくれるってさ」

「それは興味深いですね。寄る年波に、再び記憶が洗われてしまわないことを願いましょう――っと、ここ、左か」

呟いた時には、もう車線変更は難しいところまで来ていたが、蓮城は、かなりすれすれのタイミングで強引に左車線に突っ込み、無事に左折した。

目的地は、もう目の前だ。

6

「三野バイオポテンシャル研究所」は、閑静な住宅街を抜けたところにあった。

灰色の箱型の建物は三階建てで、南側面が蔓草《つるくさ》のカーテンに覆《おお》われている。他にも、町の景観を損なわないように配慮しているのか、路面との間に砂利が敷かれ、その一部が竹林になっていた。

砂利の海を、御影石《みかげいし》の渡りが訪問者を導くように斜めに続く。

車から降り、銀色のプレートに「三野バイオポテンシャル研究所」とシンプルに彫り込まれた表看板を過ぎて飛び石を進むと、黒い大きな扉が三人を迎えた。

案内された三野のオフィスには、物がたくさん置かれている。

四方を囲む書棚には専門書がずらりと並び、室内を仕切るように置かれた大きな水槽では、オレンジ色の小魚が泳ぐ。

革張りのソファーで彼らと対面した三野正彦は、輝一と蓮城が渡した名刺を一通り眺めてから言った。

「それで、私に聞きたいことというのは？」

三野は、小柄で平凡な顔つきをしたこれといって特徴のない男だった。白衣だけが、彼の属性を現していると言ってもいい。

もっとほっそりして背の高い、髪がもじゃもじゃした学者を想像していた恵は、なんとなく拍子抜けする。眼鏡の奥のつぶらな瞳《ひとみ》は誠実そうで、とても他人の恐怖をあおるような、おぞましい実験を試みる人物には見えなかった。

輝一が応じる。

「忙しいところ、申しわけない。電話でも話しましたが、伺いたいのは、『呪《のろ》い水』についてです。最近ネットで取りあげられる機会が多いようで、うちでも調べ始めているんですが、まず、あれは、本当にまったく害のないものなんですかね？」

「もちろんです。ただの水ですから」

「でも、それならそれで、なんか詐欺《さぎ》みたいな気もするが」

明らかに年下と分かる輝一に「詐欺師」呼ばわりされたのだが、三野はまったく表情を変えずに、言う。

「こと、治療に関しては、そうとは言い切れないでしょう。諺《ことわざ》にも、『病は気から』とあるように、病気は患者の気の持ちようで治るものもあります。もちろん、だからといって、西洋医学を否定するわけではありませんよ。身体が不調を訴えたら、まず専門医に見てもらうべきです。ただ、それとは別に、薬では根本的な治療をしにくい病気もあって、そのような時には、『嘘《うそ》も方便』という言葉も在り得ると、私は考えています。——ちなみに、『呪い水』に関していえば、料金は、ガラス瓶の原価以外のお金は頂いていません。冒頭でお答えした通り、あれはただの水で、そのもの自体に治療の有効性はありませんから。つまり、一種のプラシーボなんです。——プラシーボは、ご存知ですか？」

「まあ、一応」

「それなら、話は簡単です。ここを訪ねてくる方は、たいてい、他人に対し、どうしようもない恨みを抱えて苦しんでおられます。対象は、特定の誰かであることもあれば、不特定多数の場合もある。人数は、問題ではないんです。問題なのは、恨みを拭《ぬぐ》い去れないでいる本人の意識です」

三野は、テーブルの上にあった寄木細工の箱の中から、小さなガラス瓶を取り出しながら、話を続けた。

「うちでは、まず『水には記憶する力がある』ということを過去の実験データなどを用いて説明し、信じ込ませます。実際、フランスの研究所で行なわれた実験があって」

「『水の記憶事件』ですね？」

本業がサイエンスライターである蓮城が横から口をはさんだので、三野が頷く。

「さすが、よくご存知ですね。まあ、他にも、ちょこちょこと実験データを入手してありますが、それで、相談者が十分に納得し信じるようになったら、今度は、この水の入った小瓶を渡し、家でもどこでも人目を憚《はばか》らなくていいところで、恨みが移るように念じてもらいながら、思いっきり振らせるんですよ」

「振る？」

「そうです。あらかじめ、相談者には、水の記憶力を活性化させるのは、強烈な振盪《しんとう》だと伝えてあります。本当は、思いっきり振ることで行為者のストレス解消を促しているに過ぎないのですが、あくまでも、そうすることで、水が、自分の中の恨みを移し取るのだと信じ込ませることに意味があるのです」

「本来作用がないものを、作用があると信じ込ませることで、不安や怒りなど、患者の苦痛を促す脳内の伝達回路を遮断する――、まさに、プラシーボですね」

蓮城が、感心したように言った。

「ええ。それで、ある一定の期間で、一度、その水を流してもらいます。それからまた新しい水を渡して同じことをさせ、流します。それを繰り返すことで、次第に誰かを恨む気持ちが消えてくれるのを、待つのです」

「へえ。それはまた」

輝一が、主導権を取り戻すように受けて、さらに質問をぶつける。

「恨みは『水に流す』って感じで、なかなか洒落《しゃれ》がきいてるが、でも、本当に流すだけなのか？」

三野が、目をあげて輝一を見た。その一瞬、三野のかけている銀縁眼鏡が、きらりと光を反射する。

ややあって、彼は慎重に尋ね返した。

「……それは、どういう意味でしょう？」

「いや、どういう意味っていわれても」

わざとらしく頭をかき、輝一が探るように言う。

「ただ、先日、『呪い水』を手に入れたという人間に話を聞いたんだが、その人は、できあがった『呪い水』を流すのではなく、相手にかけるよう指示されたと言っていたんで、流す以外のこともするんじゃないかと思いましてね。それで、この際だから、真偽の確認をしようかと」

「…………」

三野が、眉間《みけん》にしわを寄せて考え込む。

「……もしかして、その方って、山下春江さんですか？　――あ、別に答えなくていいですよ。情報源に関しては、守秘義務があるのでしょう？　なんにせよ、私が、そう指示した相手は、彼女一人だけですから。――それで、山下さんは、なんて言ってました？　相手への恨みは？」

思いの外、真摯《しんし》な口調だった。三野が、峰岸健一殺しの黒幕ではないかと疑っている輝一は、ちょっと拍子抜けして答える。

「俺たちが会ったのが山下春江かどうかはともかく、その人物は、自分が『呪い水』をかけたせいで、相手の男を本当に呪い殺してしまったんではないかと怯《おび》え、ひどく後悔していた。それで、『呪い』なんてものが、本当にこの世にあるのかどうか、うちのサイトに問い合わせてきたんだ。もし、本当にその男の死が呪いのせいなら、相手を苦しめることには成功したけど、その分、逆に、彼女自身が一生忘れることができなくなったと、嘆いていてね。彼女の一番の望みは、呪わしい相手のことを忘れ去ることだったというのに。――それは、彼女にとって、今まで以上の苦しみであるかもしれない」

「そうですか。彼女がそんなことを……」

呟《つぶや》く三野の顔がわずかに歪《ゆが》んだ。それを見た恵は、彼もまた、なにか後悔しているのではないかと思う。

だが、そんなことにはお構いなしの輝一が、半ば弾劾《だんがい》するような口調で詰問《きつもん》する。

「あんたは、それについて、どこまで知っていた？」

「あるいは」

ソファーの肘掛《ひじかけ》に頬杖《ほおづえ》をついている蓮城が、横から付け足す。

「どこまで、関わっていらっしゃるのか」

チラッと蓮城に視線を流した三野が、両手を膝《ひざ》の上で組み合わせる。その指先がわずかに震えているのは、やはり後悔の現われか。

そのまましばらく黙っていたが、やがて、諦《あきら》めたように話し始める。

「山下春江が恨んでいるのが、峰岸一郎という某メンタルクリニックの院長であるということは聞きました。彼女の息子さんがそこの患者だったのですが、去年自殺なさったそうです。そのメンタルクリニックで処方された薬の多剤服用が原因でした。それで、彼女は、院長の峰岸一郎を恨み、自分と同じ苦しみを味わうよう望んだんです。そこで、私は、いつものように、彼女の苦しみを取り除くための手伝いをしましたよ。ただ、今回は、現実に、『呪い水』の対象であった人間が偶然にも死んでしまうという結果になりました。これは、私にも痛手でしたよ。以来、ここには『呪い水』の問い合わせが殺到して、今はいっさい断っています。ホームページへの掲載もやめました。もっともホームページへの記載は、前からやめようと思っていましたが」

「なぜ?」

「変な騒がれ方をし始めたからですよ。さっきから説明している通り、『呪い水』は、もともと人を恨んで苦しんでいる人たちから『恨み』の気持ちを取り除くために行なう治療の一環であったのに、いつしか、人を呪い殺せるもののように扱われ始めて——まあ、それについては、心当たりがなくもありませんが——、とにかく、かかってくる電話にしても、問診はいいから、『呪い水』を送ってくれとか、呪い殺したい相手がいるんだけど、『呪い水』はいくらぐらいするんだとか、そんなものばかりになってきていたんです。そこへ持ってきての、今回の事件です」

額を押さえ、嘆かわしそうに告げた三野に、輝一が冷たく応じる。

「でも、そうなるきっかけを作ったのは、あんた自身だよな。——それに、だいたい何故《なぜ》、山下春江にだけは、いつものように水を『流す』のではなく、『相手にかける』ように指示したんです？　そこが、よく分からない」

「それは——」

答えあぐねた三野が、苦しげに眉根《まゆね》を寄せて言い訳じみたことを言う。

「彼女の恨みがあまりに深くて、流すだけではとても消えそうになかったからですよ。それならいっそ、相手にぶちまけてしまえば、すっきりするんじゃないかと思ったんです」

だが、もちろん、輝一は納得しない。

「本当に、それだけか？」

明らかに疑っている声で尋ねてから、さらに疑惑を突きつける。

「だけど、あんたは、それ以外にも、峰岸健一に電話をかけているよな？」

「電話？　――どんな？」

「『呪い水』によって、『呪われた』と自覚させるための電話だよ。峰岸健一の友人の話では、彼は、水をかけられた日の夜に、そういった内容の脅迫電話を受けている。それから、間隔をあけての無言電話と」

「そうなんですか？」

白衣を着た小柄な三野が、能面のような無表情で応じる。

「でも、僕がやったとは限りませんよね？　それとも、なにか、僕がやったというような証拠でもあるんでしょうか？」

「いや。今のところはない。ただ警察が捜査しているんで、脅迫に使われた公衆電話周辺の防犯カメラを調べれば、すぐに分かるはずだ」

「なるほど。――でも、仮に、僕が峰岸健一に電話をかけていたとして、悪戯《いたずら》電話くらいでは、厳重注意がオチですよ。そのために、わざわざ警察が動くとは思えませんね。それこそ、税金の無駄遣いでしょう。……それとも、警察は、そこから発生した『呪《のろ》い』の力で彼が死んだと、証明できるんでしょうか？ あるいは、貴方がたでもいい。貴方がたこそ、峰岸健一の死は、『呪い水』をかけられたせいだと、公式にサイトで発表するつもりなんですか？」

三野は挑戦的に言い返したが、そこには同時に、何かを警戒するような響きもあった。

先ほどからずっと書記役に徹していた恵は、ふと、三野こそ、この偶然の不運には、「呪い」や、あるいはなにか他の目に見えない力が働いたと考えているのではないかと思う。

それを証明したくて、山下春江を利用した。あるいは、彼自身になんらかの理由があってのことかもしれない。少なくとも、本人は答えをぼかしたが、峰岸健一に無言電話をかけたのは、三野以外にあり得ない。ただ、それを立証するのが難しいという点は、彼の言う通りである。

（もしかして、確信犯なのだろうか――？）

考えている間にも、輝一が三野に答える。

「それも面白そうだが、うちとしては、それより、峰岸健一に毒入りの薬を渡した青年が、山下春江の息子と同じ、『優友メンタルクリニック』の患者であったという事実のほうが、断然興味がある。偶然も重なれば、偶然ではなくなる。そして、そこに誰かの意図があるのだとしたら、その目的は峰岸健一の殺害に他ならない」

とたん、三野がつぶらな目を見開き、椅子《いす》の上で身体《からだ》を乗り出した。

「峰岸健一に毒入りの薬を渡した人物は、峰岸一郎の患者だったんですか⁉」

その驚き方はあまりに自然で、とても演技をしているようには見えなかった。

輝一と蓮城が、いささか当てが外れたように顔を見合わせる。

てっきり、峰岸健一の死は、三野が裏で山下春江や平山修を操って、そうなるように仕向けたと考えていたのだが、どうやら違ったらしい。三野は、悪事がばれて動揺しているというより、明らかに、聞かされた事実を受け止めきれずにいる。

蓮城が、静かに確認する。

「もしかして、そのことは、ご存知ではなかった？」

「ええ」

頷《うなず》いた三野が、放心したようにソファーの背にもたれかかり、もう一度「ええ」とはっきり否定した。

「全く知りませんでした」

沈黙が落ちる。

その静けさを縫うように、水槽のほうから、コポコポコポと酸素が水中を伝わる音が響いてきた。

メモを取る手を止めた恵は、音の方に視線をやる。

大きな水槽の中では、揺れ動く藻類の間を、オレンジ色の小魚がヒラヒラとひれを振りながら泳ぎまわっていた。

「そうですか……。峰岸一郎の患者が……」

放心したように呟いた三野が、ややあって口元だけで小さく笑い、蓮城たちを鋭く見つめて指摘する。

「それで、貴方がたは私を疑っているわけですね？——山下春江やその平山とかいう男を操り、峰岸健一を殺すように仕向けたと？」

「正直、そうですね、そう考えていました」

蓮城が受け、確認する。

「——違うんですか？」

すると、即座には否定しなかった三野が、腕を組み、考え込むような声で答える。

「厳密に言えば、違うといって差しつかえないでしょう。少なくとも、私が平山という男の存在を知らなかったのは事実なので、超能力でもない限り、彼に毒入りの薬を渡すように指示することは不可能だったわけです。――ただ、誰かを恨むという衝動が、もしなんらかの形で他者に影響を及ぼすのだとしたら、また違った結論に至る可能性はあるでしょう。もっとも、その場合、今回の事件で原動力となったのは、山下春江の恨みの強さであるわけですが……。つまり、僕を含め、全《すべ》ての人間がそれに動かされた」

ソファーの背に寄りかかったまま、彼は、どこか遠くを見るような目で続けた。

「僕が考えるに、それが、『呪い』の原点にあるはずです」

眉をひそめた輝一の横で、蓮城が興味深そうに身を乗り出す。

「衝動が、『呪い』の原点にあるということですか？」

「というより、衝動を意識する、その狭間《はざま》に、『呪い』は作用するということです」

そこで三野は身体を起こし、ほんの少し研究者としての威厳を取り戻した様子で説明する。

「いいですか。仮に『呪い』が存在するとして、それが他者に影響を及ぼすことができるとしたら、それは傍目には偶然としか思えない、個々の意識下における選択の積み重ねの結果といえるでしょう。……ただ、この意識下における選択というのが、厄介で」

三野が、片手を振ってうんざりした口調で言う。

「意識イコール心、それらは、なんとも定義が厄介で、その置きどころについては、学者によってもさまざまです。ある意味、観測不可能な領域にあるといえるでしょう。ただ、明らかに、『意志』とは違う。その前段階と考えていいのかもしれません。意識なくして、意志はあり得ませんから。——ところで、最近、人間には『自由意志』などないという説が有力なのは、ご存知ですか？」

「ええ、まあ」

答えたのは、蓮城だ。彼以外の二人は、とっさに首を横に振りかけていたため、互いにばつが悪そうな顔をしている。

その横で、蓮城が説明する。

「人が行動を起こす一秒前には脳内に準備電位という電気信号が発生し、しかも、それは人が行動を意識し始めるより早く準備されてしまうため、私たちが意思決定と思っているものは、あくまでも体内で発生している生体反応の副産物でしかないという説ですね？」

「そうです。人が、『こうしよう』と意識するには、背後に脳内における準備電位の存在が欠かせないということです。それを突き詰めると、意志の前段階である意識というのは、脳内で発生する電子信号の中に存在する可能性が出てきます」

「電子信号の中に、ですか？　脳内の伝達経路ではなく？」

「ええ。実は、プラシーボの成果が科学界で認められにくいのは、土台となる被験者の意識が、多分に観測者や環境に左右されてしまうからなんです。たとえば、患者に不安を与えると薬の有用性が落ちるという実験にしても、その人に与えられた不安が、その薬には有用性がない、あるいは実害があると意識したせいなのか、単に注射針に対する本能的恐怖からくる生体反応なのか、区別するのは難しく、実験結果としては不十分と判断されてしまいます。また、被験者の精神状態にも影響されやすいため、実験室の外で行なわれた結果が、実験室の中で行なわれた結果に塗りつぶされ、結局は、眉唾《まゆつば》呼ばわりされることが多々あるんです。その繰り返しと言ってもいいでしょう。そして、過去に、それと同じ問題で悩んできたのが、実は、テレパシーに関する実験なんですよ」

「テレパシー？」

輝一が、意外そうに繰り返した。声音には、どこかバカにしたような響きすらある。

だが、意外にも、サイエンスライターである蓮城は納得したように頷いているし、現役の研究者である三野などは、いたって真面目《まじめ》に説明する。

「そうです。被験者がリラックスしている時には高い確率で正解を出すテレパシーのテストも、実験室という緊張を強いられる環境下では、まったく正解率があがらなくなるのが通例です。それで、みんな眉唾扱いされてしまうんですが、果たして本当に眉唾と決め付けてしまっていいものなんでしょうか。テレパシーというのは、日本語で『精神感応』と訳されますが、私はむしろ『意識感応』と訳すべきだと思っていて、『意志』ではなく、『意識』の領域にあるものだと考えています。先ほど推測したように、私たちの意識が脳内に起こる電子信号の中に存在するとしたら、意識は量子として、同時に他所に存在することが可能になります。つまり、テレパシーは、意識の量子レベルでの同期の結果と考えられはしないでしょうか。そして、『呪い』が、なんらかの力を発揮するとしたら、まさに、『意識感応』として、人々の意識に電子信号として作用し、個々の行動に意識下の選択の段階で影響を及ぼすことで、結果を導いていくのではないかと」

「面白い」

蓮城が、素直に感嘆する。

「先ほど、『呪い』というのは、傍目には偶然としか思えない、個々の意識下における選択の積み重ねの結果であるとおっしゃっていましたが、そうなると、実際に行動を選択している本人にも、自分の行動が、誰かの『呪い』に影響されたものであるかどうかは、分からないことになりますね？　しかも、検証しようにも、選択した行動以外の結果は、時間を遡《さかのぼ》ることができない限り、検証不可能なわけですから、つまるところ、『呪い』の存在は、証明できないということになります」

「おっしゃる通りです。——まあ、それこそ、そんな結論は、超常現象全般にありきたりなものといえますが、ことが人の意識にかかわるものであれば、仕方ありませんね。なにせ、今のところ、意識は観測不可能な領域にあるのですから」

その時、デスクの上の内線が鳴り響いた。

ビクッとして音のしたほうを見た恵の前で、電話を取った三野が、眼鏡を押し上げながら、「警察？」と呟くのが聞こえる。

聞いていた三人が、顔を見合わせる。

やがて、受話器をおろした三野が、どこか戸惑ったように伝えた。

「申しわけありませんが、急な来客のようで、お話は、この辺でよろしいでしょうか？」

「ああ、はい。色々とどうも」

最後は、やはり代表して輝一が挨拶《あいさつ》し、彼らは暇《いとま》を告げる。

廊下に出ると、受付の前に、紺色の背広を来た恰幅《かっぷく》のいい男が立っているのが見えた。

「あれ？　兄貴？」

恵の呼びかけに振り返った稔が、「恵？」と驚いたあと、背後の二人に視線をやって、溜息《ためいき》をつく。

「──よく会いますね」

「本当に」

青年社長の威光を全開にした輝一が、国家権力の圧力に負けない不遜《ふそん》さで応じる。

その前で、恵が、兄弟の気安さで問いかけた。

「でも、なんで、兄貴がここにいるわけ？」

「捜査だよ。決まってんだろう」

「ってことは、三野正彦が事件に絡《から》んでいる？」

だが、弟の無邪気な突っ込みに、稔が厳しい顔で応じる。

「悪いが、捜査機密だ」

そこで無駄話は終わりとばかりに、彼らが出てきたばかりの部屋に入っていった。

それを見送って外に出た彼らは、改めて、「三野バイオポテンシャル研究所」の建物を見あげる。

五月の爽《さわ》やかな風に、青い蔓草《つるくさ》がさわさわと揺れている。

他の二人が何を考えていたかは分からないが、恵は、ついさっき、三野が話したことを思い返していた。


今回の事件で原動力となったのは、山下春江の恨みの強さである……。


恵には、先ほどの難しい話はいまひとつ分からなかったが、どうやら三野は、仮に『呪い』があるとして、それが他者に影響を及ぼすことができるとしたら、傍目には偶然としか思えない、意識下における選択の積み重ねにあると言っていた。ということは、峰岸健一の死は、山下春江が、この研究所を訪れた瞬間から、個々の意識下における行動の選択という形で始まってしまったのだろうか。

三野正彦が、「水をかけろ」と指示し、山下春江が実際に峰岸健一に水をかけたこと。

対して、平山修が、毒の入った薬を峰岸健一に渡したこと。

まったく別々に行なわれた行為になんの繋《つな》がりもなかったとしたら、それは、あくまでも偶然にすぎなくなる。ただ、その偶然は、個々の意識下の選択にあるわけで、呪いというのが、そこに作用するのだとしたら——。

今、この瞬間にも、誰かの呪いによって左右された個々の意識下での選択が、恵の身に最悪の結果をもたらす可能性だってあるのだ。

五月の暖かさの中でブルッと身震いした恵が、後部座席のドアに手を伸ばすと、運転席側に立って車体に寄りかかっていた蓮城が、建物を見あげて呟く。

「バイオポテンシャル研究所、か。そう考えると、三野正彦の踏み込もうとしているのは、やはり禁忌の領域なのかもしれない……」

助手席に乗り込みながらその言葉を聞いた輝一が、「確かに」と、どうでもよさそうに答えてから、「早く出せよ、万聖。腹減った」と急《せ》かした。

三人を乗せたおんぼろ四輪駆動車が、エンジン音を響かせて走り出す。

あとには、蔓草のカーテンを風に揺らす灰色の建物が、静かな佇《たたず》まいを見せていた。

7

数日後。

南青山の編集部に、郵便物が届いた。

その日の夕方になって、ようやく顔を出した恵の机の上に、輝一がその郵便物を投げて寄越す。

バサッと。

音をさせて机の上に広がった郵便を取り上げ、恵が訊《き》く。

「なに、これ？」

「五年前、三野正彦がつくばの生物化学研究所でやろうとしていた実験のレポートだ。例の引退した教授が、コピーを送ってきてくれた」

輝一の説明を聞きながら中身を取り出して眺めた恵だったが、やたらと表や数字が多いもので、正直、なにが書かれているのかまったく理解できなかった。

レポートを前にして恵が戸惑っていると、休憩中なのか、原稿を胸の上に置いてソファーに寝そべっていた蓮城が、指をあげて説明してくれる。

「その五ページ目から始まる項目が、問題なんだよ。それによると、被験者に、それぞれ、なんの説明もしないケースと、前もって『この部屋は自殺者の霊に祟《たた》られている』と聞かされるケースと、『あなたは、ここにくる前に、ある人を怒らせて、ひどく恨まれている』と聞かされるケース、ほかにもいくつか条件を作って、それぞれ、モニターされている部屋に隔離する。そこで、あらかじめ仕込んでおいた装置で、物音を立てたり、悪戯《いたずら》電話をしたり、ホテルの従業員に扮《ふん》した実験者に事故まがいのトラブルを起こさせたりして、被験者が、恐怖や不快感によるストレスを感じるまでの時間や心拍数の数値を調べるというものだ。ご丁寧にも、トラブルを発生させる時間間隔についても、事細かにレベル分けがされていて、どの条件下で、人は、最も早く脳内に恐怖の神経回路を作り上げるか、分析しようとしているんだ。しかも、マウスを使ったストレス実験の結果を元にシミュレーションしたデータも用意するという周到さで」

ファイルをめくりながら話を聞いていた恵は、言葉が途切れたところで、顔をあげて尋ねる。

「つまり、この実験こそが、『恐怖を支配する』ってことですか？」

「そう」

蓮城の答えに、輝一が付け足す。

「三野が、どういう意図でこんな実験をしようとしたのかは分からないが、これを見る限り、彼は、どういう頻度でなにをやったら、最も効率よく標的となる人物の中に恐怖の回路を作ることができるかは、ある程度把握していたことになる。少なくとも、綿密なケーススタディーはしていたってことだな」

「それって、三野正彦は、意図的に誰かを恐怖で怯《おび》えさせることができるってこと？」

「それ以上だよ」

蓮城が、応じる。

「この実験で彼がやろうとしていたのは、おそらく、人が強迫神経症や不安神経症に陥るメカニズムの解明だ。もちろん、彼は精神疾患の治療に役立てるために、こんなノーシーボの実験を行なうつもりだったんだろうけど、まさに倫理委員会が恐れている通り、その解明が進めば、意図的に人を強迫神経症や不安神経症に陥らせることができてしまう。つまり、人の行動を、恐怖によってある程度コントロールすることも可能になってくる」

それは、突き詰めると、犯罪行為になるのではないか。

恵だけでなく、輝一も蓮城も、当然そう考えたのだろう。

だが、この実験は、当然倫理委員会で引っかかり、実際に行なうことなく葬《ほうむ》り去られてしまった。つまり、科学的に証明されていないということで、このことで犯罪を立証するのは不可能だ。

「しかも」

蓮城が再び話し出したので、恵はそちらに顔を向けた。

「違法性や倫理の問題はこの際おいといて、実験の中で、彼は、本物の呪術師《じゅじゅつし》を連れてきて呪術を施した場合と、そうでない場合も、検証させようとしていたんだよ」

「本物の？」

意外そうに首をかしげた恵が、「だって」と続ける。

「呪術師なんて、それこそ科学の世界とは対極にいる人なのに、どういうことですか？」

「もちろん、彼の考えていることは、よく分からないけど」

寝転がったまま、片手をあげて宙でクルリとまわし、蓮城が指摘する。

「気になってくるのは、彼の考え方なんだよ」

「考え方？」

「そう。彼は、『呪《のろ》い』をテレパシーと同じカテゴリーに置いて、傍目には偶然としか思えない、個々の意識下における選択の積み重ねの結果であると言っていた。しかも、その意識は、観測不可能な領域にあると」

「えっと、確かに言っていましたね」

うろ覚えの恵が少々焦《あせ》りながら答えると、蓮城はソファーの上でうっすらと笑い、目を閉じながら断言した。

「彼は、クロだね。本人は空惚《そらっとぼ》けていたけど、今回の事件は、やっぱり彼が仕掛けたものだ。その実験内容を見れば明らかだけど、いかんせん、証明はできない。僕としては、彼がどこを目指しているのか、はなはだ興味があるよ」

「どこを目指しているのか……？」

その瞬間、恵の脳裏を過《よ》ぎった思い――。

どこへ行こう。

どこまで行こう。

それは、なにかがつかめそうな一瞬で、だが、意識したとたん、つかめそうだったものがぱっと消え失《う》せてしまった瞬間だった。

（なんて、儚《はかな》い……）

その夜。

居間で、恵がテレビを見ていると、お風呂《ふろ》から上がってきた稔が、ミネラルウォーターを飲みながら向かい側に座って、言った。

「恵。お前に訊いておきたいことがあるんだが」

「なに？」

「この前、『三野バイオポテンシャル研究所』にいたのは、例の『呪い水』の件か？」

「そうだよ。――それがどうしたの？」

リモコンで、テレビの音量をさげた恵が訊く。

「いや」

一度は言葉を濁そうとした稔だったが、思い直したらしく続ける。

「……まあ、捜査は終了したし、申請すれば記録の閲覧が可能な事件だから、教えてやるか。お前も、事件のことは、気になるだろう？」

「事件って、峰岸健一の件だよね？」

「ああ。――というか、まさか、他にも何か事件に関わっているのか？」

「ないよ。それで？」

即答した弟の顔を怪しげに見つめてから、稔は話し始める。

「峰岸健一殺害容疑で逮捕された平山修が、かつては『優友メンタルクリニック』の患者で、峰岸一郎に恨みを抱いていたのは教えたな？」

「うん」

「その捜査の一環で、『優友メンタルクリニック』の過去の診療記録に当たってみたら、そこに三野亜希子《あきこ》の名前があった」

「三野亜希子？」

「三野正彦の母親だ。彼女も、『優友メンタルクリニック』で処方された薬の多剤服用が原因とみられる自殺をしていた」

「自殺？　――つまり、三野正彦も、峰岸一郎に恨みを持っていた？」

「そうなるな」

そこで、恵は真剣な表情になって思う。

（やっぱり万聖さんの読みは正しかったのか――）

蓮城は、三野が今回の事件を仕掛けたと断言していた。それに対し恵は半信半疑でいたのだが、三野自身が峰岸一郎を恨んでいたのなら話は別だ。

目まぐるしく考えながら、恵は尋ねた。

「それで、兄貴は三野を調べに行ったんだ？」

「ああ。お前たちも話を聞きに行っていた峰岸健一の女友達」

「林ひとみさん？」

「そう。彼女の話から『呪い水』を調べていったら、三野の研究所に行き当たった。その時に、『よろず一夜のミステリー』も何度か見たよ。……お前」

そこで脱線して、稔が確認する。

「本当に、あそこでアルバイトを続けるつもりか？」

「うん。そのつもりだけど、なにか問題ある？」

「いや」

いやと言いつつ、どこか不満そうだったが、ひとまず、二十歳を越した弟の意志を尊重するつもりらしく、稔はすぐに話を戻した。

「それはともかく、あの時、三野に話を聞いたら、あっさり色々と白状したよ。例えば、林ひとみが話していた『峰岸健一に水をかけたという女』は、山下春江という女性だった」

そこで、なんの反応もしない弟を見て、彼は言う。

「お前、その顔だと、とっくに知っていたな？」

「えっ？　――ああ、うん、まあ。……それで、三野や山下さんは、峰岸健一殺害に関与していたの？」

少し焦った様子で続きを促した弟を呆《あき》れたように見て、稔は答える。

「いや。殺害に関与した証拠は、一切見つけられなかった。三人の共通点が、『優友メンタルクリニック』の患者だったということで、一時は共犯の線が濃くなったんだが、三野の母親が通院していたのは十数年前で、しかも三野正彦自身は、ほとんどクリニックに顔を出していなかったし、平山修は七年前から一年間ほど、山下春江にいたっては、本人がクリニックを訪れたのは、一年前に、息子の死の真相を確認しに行った時の一度きりで、結果、三人がクリニックで顔見知りになったという可能性は却下された」

「それなら、そのメンタルクリニックへの不満やら医療ミスやらの意見を交換するサイトかなにかで知り合った可能性は？」

「ない。専門部署に頼んで、かなり広範囲にわたって調べてもらったが、サイトやツイッターでやりとりした形跡も見つからなかったし、なにより一番問題なのは、平山本人の自白の中に、二人の名前がまったくあがってこなかったことなんだ」

「平山は、なんていって自白したの？」

「峰岸一郎はクズで、その息子の健一はもっとクズだから、いなくなったほうが世の為になると。電話で林ひとみの話を聞いているうちに、そんな思いがどんどん強くなっていって、気づいたら、彼女に毒入りの薬を渡していたんだそうだ。……まあ、精神的に不安定なせいもあるんだろうが、彼は自供の途中で、『まるで、なにかに操られているみたいだった』ともらしていたな。あれは、あと一歩で、『頭の中で声がする』とか言いながら、大量殺人に走った可能性もあるから、今のうちに逮捕できてよかったのかもしれない。おそらく刑務所へ行く前に、治療のための施設に入ることになるだろう」

「そうなんだ……。それなら、峰岸健一に無言電話をかけた人物は、分かったの？」

「無言電話ね」

苦々しげに繰り返した稔が、顎《あご》を触りながら答える。

「一応、峰岸の携帯電話からたどって電話をかけてきた公衆電話は調べたが、関係者の指紋は一つも取れなかった。ただ、指紋なんて拭《ふ》けば取れるものだし、そもそも手袋をしてかければ指紋は残らない。もちろん、近くの防犯ビデオをチェックすることも可能だが、これから犯人を捕まえるのならともかく、終わった事件のことで、そこまでの人件費はかけられない。だから、結局分からず仕舞いだ」

どこか残念そうな口調であるのは、稔もその辺りの真実を見極めたかったのだろう。

ただ、言ったとおり、警察官は公僕で、国民の税金で給与を払ってもらっている身だ。己の心情は後回しにせざるを得ない。

気分を変えるように、稔が前向きな声音で告げる。

「まあ、実行犯である平山修の自白があって、峰岸健一の殺害は、彼の単独犯という線で落ち着いたわけだから、それで良しとするさ」

「まあ、そうなんだろうけど、でも、あくまでもきっかけは『呪い水』をかけられたことにあるんだよね？」

「その件については、三野と山下春江に、今後、他人に水をかけたり、水をかけるように他人を促したりしないように注意勧告はしておいた。ただ、そのことで罪に問うのは難しいからな。——というか、無言電話にしろ水かけ事件にしろ、その程度のことでいちいち動いていたら、警察は機能停止に陥ってしまう」

「まあね」

（でも）

恵は思う。

三野の罪は、その程度のものではない。

彼は、峰岸健一を恐怖に陥《おとしい》れ、精神的に追い詰める術《すべ》を知っていた。そして今回、それを実験してみたのだ。ただ、科学的に立証されていないことなので、罪に問うのは難しいというだけで――。

そこで、ふっと思い出した恵が、「そういえば」と問う。

「もう一人の男、ほら、俺にケガをさせた……」

「丹羽真心人か」

「そう。その人は、『呪い水』をどうやって、手に入れたんだろう？」

「それは、前にも言ったが、あいつは三野と同じ大学にいたし、一時期、彼のいた生物化学研究所で働いていたこともある。その時に、『呪い水』のことを聞き知ったんだ。どうやら、三野が当時研究対象にしていたものの中に『呪い水』の原型があったらしく、最近、名古屋で講演を行なっていた三野を訪ねてきて、『呪い水』の作り方を教えてくれと頼みこんだ。彼は、『呪い水』は、人を恐怖に陥れることができるものだと思っていたらしいな。当然、三野は断ったが、丹羽は以前聞き知ったことを頼りに、早乙女リナに水をかけたりして、恐怖に陥れようとした。だが、結局うまくいかず、フラストレーションがたまった結果、見境なしにあんな行動に出てしまった。いい年して働きもせず、なんとも情けない話だよ」

稔は、三野正彦の実験レポートのことを知らないらしい。

もし、「恐怖を支配する」ための実験レポートのことを知ったら、厳格な兄はどうするだろうと恵は興味を持ったが、結局、科学的に証明されていないことを持ち出しても仕方ないと考え、黙っていることにした。

その代わり、稔は、詳細をサイトに掲載しないことを条件に、輝一や蓮城にも話してもいいと言ってくれたので、彼らの意見を聞いてみようと思った。

どのみち、事件はもう解決したのだ。少なくとも表面上は――。

終章

「『呪《のろ》い水』には、癒《いや》しの効果はあっても、呪いの効力はない」

それが、今回、「よろず一夜のミステリー」が掲載した結論だ。

これまでの経緯を考えると、かなり腑《ふ》に落ちないが、山下春江の心情を第一に考慮したことであれば、仕方ない。

ただし。

「『呪い』に関しては、引き続き調査中」

との但《ただ》し書き付きだ。

そして、すっかりアルバイトが板についてきた恵は、今日も、元気に幽霊屋敷の扉を開けたところで、ギョッとする。

受付に、人形ではない、生身の女性が座っていたからだ。

しかも、その顔はまさしく――。

（清家希美！）

仰天顔でフリーズしている恵に向かい、清家希美がニッコリ笑って挨拶《あいさつ》した。

「おはようございます、メグちゃんさん。今日から、ここで受付のアルバイトをすることになった清家希美です」

とたん、カラン、コロンと。

恵の頭の中で、天使の鳴らす鐘が鳴り響く。

「メグちゃんさん」などとヘンテコな名前で呼ばれたことなど、完全にそっちのけだ。

これを「運命」と呼ばずして、なんとする。

あまりの感動に、恵が何も言えずに立ち尽くしていると、奥から凜子の声がした。

「希美ちゃん。受付は、『アリサ2号』に任せていいから、こっちにいらっしゃい。お茶会の時間よ」

就業中とは思えないのほほんとした誘いに対し、清家希美が明るく返事をし、恵ともう一人、実は恵の目に入っていなかっただけで、さっきからずっと受付脇《わき》に立っていた輝一に向かって軽く会釈《えしゃく》してから歩き出す。

恵がその背中をうっとりと見送っていると、輝一がニヤニヤしながら言った。

「もしかして、恋のチャンス到来とか思って浮かれてる？」

「――別に」

兄とほぼ同い年の青年社長に弱みを握られた気のした恵が、そっぽを向いたまま、きまり悪そうに言い返す。

「それより、いつの間に、受付なんて雇ったんだよ」

「いまさっき。彼女が、お礼を言いに来たところを引き止めて雇った」

そこで、恵が疑わしげに長身の相手を見あげる。頭のすみを、「もしや、こいつもフォーリンラブか？」という懸念《けねん》がよぎったのだ。

「……なんで？」

「だって、『のぞみ』に『めぐみ』って、なんか新幹線みたいでよくねえ？」

「は？」

（それだけの理由？）

理解不能に陥った恵をその場に残し、我が儘《わがまま》な青年社長は揚々と奥に歩き去る。

（……分からん。お坊ちゃんの人を雇う基準って、なんなんだ？）

その場に一人取り残された恵の前には、いつも通り、緑色の瞳《ひとみ》をした人形が――それに「アリサ2号」という、それこそ昔の特急列車のような名前があることを、恵は初めて知ったのだが――チョコンと座っていて、間抜け面《づら》の恵をまじまじと見あげていた。

その表情が、「新幹線みたいでよくねえ？」と先ほどの輝一の言葉を木霊《こだま》している気がした恵は、「あいつ、実は鉄っちゃんか？」と首を傾《かし》げつつ、青年社長のあとを追って歩き出す。

本日も、お菓子の甘い香りが、そんな彼を誘っていた。

あとがき

初めまして、篠原美季《しのはらみき》と申します。

他社ではライトノベルをけっこう書いているので、「初めまして」ではない方もいらっしゃるでしょうが、新潮文庫さんで書かせていただくのは初めてですので、やはりこの挨拶《あいさつ》が妥当ではないかと……。とはいえ、どういったスタンスでこのあとがきを書けばいいかわからず、なんだかドキドキしています。まあ、あとがき以前に、書く内容にしても、いつもと少し違うテイストにしないといけないというのがあって、一年以上前からドキドキしっぱなしなんですけど、でも、自分の作品に新潮文庫のぶどうマークを見た時、どれほど心が躍ったことか——。

ライトノベルでは、主にヨーロッパの歴史や、聖杯伝説、黒魔術、妖精などオカルト的なものを現実世界に融合させたヒストリック・ゴシック・ファンタジー（？）のようなものを書いていて、また、「香谷美季《かがや》」というペンネームで出させていただいている児童書でも、河童《かっぱ》や土蜘蛛《つちぐも》など、妖怪たちが活躍するものを書いてきました。

基本、そういうものが大好きです。

ただ、今回は、あまり現実離れしたお話はまずいだろうというのがあったので、あくまでも現実世界に基盤を置きつつ、オカルト的な要素に科学的なアプローチをしてみました。実は、たいして分からないくせに、科学理論とかも大好きなんです。

そういえば、嗜好《しこう》が現実に影響するのか、ただの偶然か、先日、某写真スタジオの女性カメラマンに、開口一番「なんか、妖精みたいな方ですね～」と言われました。

とっさに「妖怪みたい」じゃなくて良かったと思ったんですが、突き詰めれば、妖精も、妖怪なんかと変わらないグロテスクなのもいて、トロールなんかは、その代表ですよね。

そして思い起こせば、これまでの人生、私という人間をたとえる際に、ほとんどといっていいほど人間にたとえられたことがない。三日月だ、幽霊だ、鳥だ、とロクなものはあがらず、一番人間に近かったところで、「小さなバイキングビッケ」だったような……。

まあ、エンタメ作家の原動力といえば、「妄想」の一語に尽きると思っている私は、日常生活の大半を、ここではないどこかで過ごしているわけで、多少人間らしさが薄れてしまうのもしかたないのでしょうか。頭の中が秋や冬のまま外に出て、桜が咲いているのを見て「おお、浦島太郎〜」なんてことが、しょっちゅうですから。

そんな私ですが、作品に華を添えるべく、素晴らしいカバー絵を描いてくださった高嶋上総《たかしまかずさ》先生、本当にありがとうございました。普段のお仕事では麗《うるわ》しき青年たちを多く書かれているそうですが、私は今回、希美《のぞみ》ちゃんの美しさにすっかり心を奪われました。今後ともどうぞ、よろしくお付き合いください。

最後になりましたが、この本を手に取ってくださったすべての方々にも、心より感謝いたします。彼らが、今後、どんな活躍をしてくれるか、まだ五里霧中の状態ですが、続きを楽しみにしていただけたら幸いです。

では、次回作でお目にかかれることを祈って——。

篠原美季　拝

寒気団が日本列島を覆《おお》った日の午後に。

解説

大森 望

新潮文庫には珍しい書き下ろしの新シリーズ、篠原美季《よろず一夜のミステリー》が、本書をもって開幕する。同じ著者の《英国妖異譚《よういたん》》シリーズのファンだからという人はもちろん、カバーや題名に魅《ひ》かれて手にとり、篠原美季という名前を初めて知ったという人も、大船に乗ったつもりで練達の語りに身をゆだねてほしい。

現代の東京を舞台に、いまどきのアクチュアルなトピック各種（ＡＫＢシステムとネットアイドル、鬱《うつ》病、電子書籍、ネットショッピング、精神科の多剤大量処方、疑似科学商法などなど）をうまくとりこみつつ、魅力的なキャラクターを自在に操って、どんどん読めるエンターテイニングな青春ミステリーに仕上げている。

簡単に内容を紹介しておくと、主人公の日比野恵《ひびのけい》は、東京の大学に通う、文学部哲学科の二年生。「顔だけはパーフェクト」と言われる母親譲りの美形だが、それ以外はこれといって取り柄がなく、「いかに生きるべきか」に悩む、いたって真面目《まじめ》な若者だ。

医療機器メーカーの研究所に勤めていた父親は、「捜すな」というメッセージを残して五年前に失踪《しっそう》。いまの恵は、残された母と、警察庁に勤める六歳年長の兄・稔《じん》との三人家族で暮らしている。ちなみに稔のほうは、恵と対照的に「顔以外はパーフェクト」と言われる父親似。フランケンシュタインの怪物とか、南大門の仁王とか形容される顔立ちだが、成績優秀、スポーツ万能。父親の失踪を受けて留学先のアメリカから帰国したのち、国家公務員試験にすんなり合格して警察庁に入庁。現在は、警察庁刑事局に新設された広域調査室、通称NIDの特別捜査官として活躍する。恵にとっては少々（かなり？）煙たい存在だ。

ある日、幼馴染《おさななじ》みの美和からアルバイトの口を紹介された恵は、面接を受けるため、中堅出版社「株式会社　万一夜《よろずいちや》」傘下《さんか》の電子書籍プロダクション、「よろず一夜のミステリー」編集部を訪れる。だが、南青山の一画に建つオフィスは、なんとびっくり、蔦《つた》のからまる古びた洋館だった。

どういうわけか、社長のキイチさんこと万木《ゆるぎ》輝一《てるかず》に（主に名前を）気に入られた恵は、編集アシスタントとして採用される。主な仕事は、都市伝説を中心に不思議な出来事を扱う「よろず一夜のミステリー」ウェブサイトに寄せられる、怪事件や怪現象にまつわる書き込みをチェックして、めぼしい投稿の主に取材すること。かくして、個性的な同僚たちと奇怪な事件に振り回される、恵の素人《しろうと》探偵の日々が開幕する……。

「よろず一夜のミステリー」編集部に集う面々は、まず、まだ二十代半ばの若さながら、威風堂々、傍若無人な態度で社長をつとめる美丈夫、万木輝一。三千万円はくだらないアストンマーチン（007シリーズのボンド・カーでおなじみの英国の乗用車ブランド）を乗り回す、傍迷惑なお坊ちゃまだ。その片腕ともいうべき存在が、新聞記者上がりのサイエンス・ライター、蓮城万聖《れんじょうまさと》（三十代半ば）。現場を仕切る編集長は、ひっつめ髪にパンツスタイル、細身の眼鏡をかけた三十歳オーバー（推定）の志《し》麻凜子《まりんこ》。さらに、ゴスロリ・ファッションに身を包んだ専属ライターの諸星《もろぼし》アリサが編集部に常駐し、毎日、アリスのお茶会よろしく、洋館のサンルームで編集長と優雅に午後のティータイムを楽しんでいたりするのだが、そのあいだにも事件は起きる。

今回のメインディッシュは、「呪《のろ》い水」をめぐる怪死事件。噂《うわさ》によれば、憎い相手に対する恨みを込めた「呪い水」をつくり、毎日それを流していると、だんだん気持ちが軽くなり、禍々《まがまが》しい名前と反対に、一種の癒《い》やし効果が得られるのだという。その一方、恨んでいる相手に直接「呪い水」をかけると、さらに直接的な（おそろしい）効果があるらしい。はたしてどんな根拠があるのか？

小説冒頭に登場する白衣の男は、客の中年女性に向かって言う。「水は、記憶する物質です。例えば、貴女《あなた》の憎悪《ぞうお》、苦しみ、哀《かな》しみ、そのほかなんでも――」

サブタイトルが「水の記憶」、鍵《かぎ》を握るアイテムが「呪い水」とあっては、トンデモ（ニセ科学）もの、もしくはオカルトものを想像するところだが、意外にも、小説の方向はそれとは正反対。篠原美季は、実在する「水の記憶」論文（さらには、直接言及されないけれど、ホメオパシーや『水からの伝言』まで含めた疑似科学全般）を下敷きに使い、「呪い水」に踊らされて人生を狂わせてしまう人々に、一歩引いた場所からスポットを当てる。

「水の記憶」論争については作中でもちらっと説明されているが、「Skeptic's Wiki」によると、これは、フランス国立衛生医学研究所のジャック・ベンベニスト博士のグループが一九八八年に学術誌〈ネイチャー〉に発表した論文がはじまり。〈この論文の結論は、その中に1分子も抗体が含まれていないほど薄く希釈した後であっても、水溶液は抗原・抗体反応を引き起こす能力を保持し続けるとのことだった。つまり、この論文の骨子は「水は以前そこに溶けていたものを覚えている」というものだったのだ〉という。

この結論は、その後の実験で科学的に否定されたものの、無限希釈した水溶液にも薬効があるという民間療法ホメオパシーの科学的根拠として使われるようになってしまう。さらに、ベンベニスト博士は、「水には知性があり、水は出来事を長く記憶していることを実証した」という理由で、一九九一年の第一回イグノーベル賞化学賞を受賞したんだとか。つまり、世界的にトンデモ認定を受けた格好だ。

著者は、このトンデモ説をトンデモ説と承知のうえで、それをあっさり信じこんでしまう人を嘲笑《ちょうしょう》するのでも、逆に共感するのでもなく、小説を動かす道具としてクールに利用する。

超自然現象の介入する余地を残しながらも、ニセ科学とのあいだには一線を引き、あくまで科学的な態度で事件の解明にあたるという点では、小野不由美《悪霊》シリーズ（《ゴーストハント》シリーズ）に通じるし、「呪い水」（＝怪異）にすがったり、怯《おび》えたりする人の悲しさを描くという点では、京極夏彦《百鬼夜行》シリーズの現代版とも言えるかも知れない。

さて、著者の作品が新潮文庫に収録されるのはこれがはじめてなので、このへんでざっと経歴を紹介しておこう。篠原美季は、明治学院大学社会学部社会学科卒、横浜市在住。卒論のテーマは「ケルト人」で、（比較社会学専攻なのに）主にケルト神話を研究していたらしい。

二〇〇〇年、『英国妖異譚』で第八回ホワイトハート大賞優秀賞を受賞。翌年七月、講談社X文庫ホワイトハートから同作でデビューを飾る。この『英国妖異譚』は、英国の湖畔に建つ全寮制パブリックスクールを舞台に、霊感を持つ少年ユウリが活躍する、ミステリー・タッチの現代学園オカルト・ファンタジー。これが大人気となってシリーズ化され、二〇〇九年の『エマニア~月の都へ　英国妖異譚』まで全二十巻を刊行。番外編、スペシャル編もあるほか、その大学生編となる後継シリーズ《欧州妖異譚》が現在も継続中。

これ以外の作品としては、個性派刑事を集めて警視庁の片隅に結成されたグループ・イレブンの活躍を描く《Homicide Collection》シリーズや、明治中期、開港前後の横浜を舞台にした《ヨコハマ居留地五十八番地》シリーズ、カドカワ銀のさじ叢書《そうしょ》から出た学園ジュブナイル『一角獣のいる庭』、講談社青い鳥文庫から香谷美季名義で出している児童ファンタジー《あやかしの鏡》シリーズなど、デビューから十年ちょっとで著書は四十冊を超える。

ホームグラウンドの講談社X文庫ホワイトハートは、集英社文庫コバルト・シリーズ（コバルト文庫）の向こうを張って、一九九一年に創刊された女の子向けのライトノベル文庫。小野不由美の《十二国記》シリーズや《悪霊》シリーズを産んだ叢書としても名高い。その《十二国記》が一般文庫に収められたり、《悪霊》シリーズを全面リライトした《ゴーストハント》シリーズが四六判ソフトカバーの一般文芸書として刊行されたりして、新天地でも人気を集めていることからわかるように、このところ、ライトノベルと一般文庫／一般文芸書の境界はどんどん曖昧《あいまい》になっている。女性作家にかぎっても、少年系ライトノベル文庫出身の有川浩や桜庭一樹はいまや文芸書の世界で指折りの人気作家だし、少女系レーベル出身の作家では、小野不由美のほか、須賀しのぶや高殿円《まどか》が一般向けで活躍している。

篠原美季も、実力はじゅうぶん。このシリーズをきっかけに、さらに広い世界で大きく羽ばたくことに期待したい。

読了した方はご承知のとおり、本書にはまだいくつか、未解決の謎がある。いずれ、巻が進むにつれて、全貌《ぜんぼう》がおいおい明らかになってくるだろう。いまのところ、第二話にあたる『よろず一夜のミステリー　黄金伝説』（仮題）は、二〇一二年十月刊行予定。恵たちがどんな活躍を見せてくれるのか、今後の展開が楽しみだ。

（平成二十四年二月、書評家）

本書は新潮文庫のために書き下ろされた。

篠原美季著　よろず一夜のミステリー　―水の記憶―

不思議系サイトに投稿された「呪い水」の怪現象は、ついに事件に発展。個性派揃いのチーム「よろいち」が挑む青春〈怪〉ミステリー開幕。

小野不由美著　屍鬼（一～五）

「村は死によって包囲されている」。一人、また一人、相次ぐ葬送。殺人か、疫病か、それとも……。超弩級の恐怖が音もなく忍び寄る。

恩田陸著　六番目の小夜子

ツムラサヨコ。奇妙なゲームが受け継がれる高校に、謎めいた生徒が転校してきた。青春のきらめきを放つ、伝説のモダン・ホラー。

神永学著　タイム・ラッシュ　―天命探偵　真田省吾―

真田省吾、22歳。職業、探偵。予知夢を見る少女から依頼を受け、巨大組織の犯罪へと迫っていく――人気絶頂クライムミステリー！

佐藤多佳子著　サマータイム

友情、って呼ぶにはためらいがある。だから、眩しくて大切な、あの夏。広一くんとぼくと佳奈。セカイを知り始める一瞬を映した四篇。

S・キング　山田順子訳　スタンド・バイ・ミー　―恐怖の四季　秋冬編―

死体を探しに森に入った四人の少年たちの、苦難と恐怖に満ちた二日間の体験を描いた感動編「スタンド・バイ・ミー」。他1編収録。

よろず一夜《いちや》のミステリー
—水の記憶—

新潮文庫　し-74-1

平成二十四年四月一日発行

著者　篠《しの》原《はら》美《み》季《き》
発行者　佐藤隆信
発行所　株式会社新潮社
郵便番号　一六二—八七一一
東京都新宿区矢来町七一
電話　編集部(〇三)三二六六—五四四〇
　　　読者係(〇三)三二六六—五一一一
http://www.shinchosha.co.jp

価格はカバーに表示してあります。

乱丁・落丁本は、ご面倒ですが小社読者係宛ご送付ください。送料小社負担にてお取替えいたします。

印刷・二光印刷株式会社　製本・株式会社植木製本所

ISBN978-4-10-138661-4 C0193